Günter Neidinger

Bahn frei! Kartoffelbrei!

GÜNTER NEIDINGER

Bahn frei! Kartoffelbrei!

Heitere Geschichten und Lausbubenstreiche aus Baden

Silberburg-Verlag

Günter Neidinger, Jahrgang 1943, wuchs mit fünf Geschwistern im badischen Bühl auf, studierte an der Pädagogischen Hochschule in Karlsruhe und wirkte lange Jahre als Lehrer und Rektor. Seit 30 Jahren ist er als erfolgreicher Autor tätig. Über 400 Bücher mit einer Gesamtauflage von über vier Millionen Exemplaren hat er in dieser Zeit veröffentlicht.

1. Auflage 2015

Schönbuchstraße 48, D-72074 Tübingen.

Umschlaggestaltung: Anette Wenzel, Tübingen.
Lektorat: Gertrud Menczel, Böblingen.
Druck: Freiburger Graphische Betriebe, Freiburg im Breisgau.
Printed in Germany.

ISBN 978-3-8425-1402-7

Inhalt

Im Sonnengässle zu Hause – Heitere Kindheitserlebnisse

Lange hatten unsere Eltern gesucht, bis sie nach Kriegsende das großelterliche Bauernhaus auf dem Hohbaum verlassen konnten, wo sie nur eine kleine Kammer für sich hatten. Und nach Wilfried und mir vergrößerte mit Edgar bereits das dritte Kind die junge Familie. Gewiss war die neue Unterkunft im Sonnengässle in der badischen Kleinstadt Bühl nicht das, was man eine Traumwohnung nennen könnte. Waschküche und Plumpsklo erforderten einen Gang über den Hof, aber man hatte ein eigenes Zuhause mit zwei großen Zimmern, einer Küche und einem Abstellraum. Und das war bei der Wohnungsknappheit nach dem Krieg besser als gar keine Wohnung und zudem nur fünf Minuten zu Fuß von Vaters Arbeitsstelle entfernt.

Blechfrösche und nasse Kleider

Das Sonnengässle war lange Jahre der Spielplatz für uns Kinder. Meistens ging es dabei friedlich zu. Nur manchmal gab es wie überall auch die eine oder andere Schrecksekunde. Doch meistens wussten wir uns zu helfen.

Einmal spielten mein um drei Jahre jüngerer Bruder Edgar und ich im Sonnengässle auf einem riesigen Steinhaufen, Überreste aus dem 2. Weltkrieg. Wir hatten gerade beim Schuhkauf zwei schöne, bunte Frösche aus Blech bekommen, die man durch Fingerdruck zu einem einigermaßen als Quaken klingenden Geräusch bringen konnte.

Welcher Frosch quakt nun lauter, hieß die Streitfrage unter uns Brüdern, und jeder meinte wohl, seiner müsste doch der Lauteste sein. Edgar saß oben, ich unten, und plötzlich, wer weiß wie, rollte ein riesiger Gesteinsbrocken herab und quetschte mir den Nagel am Ringfinger meiner rechten Hand ab.

Zeter und Mordio schreiend rannte ich nach Hause, aber da war niemand. Nur das Dienstmädchen aus dem Nachbarhaus reckte seinen Hals aus dem Fenster, um nach der Ursache des Gebrülls Ausschau zu halten. Hilfesuchend rannte ich hin, und was tat das arme Ding? Beruhigend strich sie mir Nivea-Creme auf den malträtierten Finger.

Er tat zwar weh wie vordem, was sollte auch die Hautcreme helfen. Aber der Anblick der hübschen Helferin tat so gut wie die beste Heilsalbe, und so gesundete mein Finger besser und schneller, als je einer gedacht hätte. Die Heilbäder mit Kamille, die meine Mutter mir danach jeden Tag verordnete, haben vielleicht auch etwas dazu beigetragen, aber das wusste ich damals noch nicht.

Dem Sonnengässle entlang floss ein breiter Bach. Für meine Brüder Edgar und Robert war es ein Schicksalsbach. Jedenfalls gab es kein Brückle in diesem Bereich, von dem sie bei Balanceakten nicht schon ins Wasser gefallen wären und die munter dahinschwimmenden Fische erschreckt hätten.

Es war meistens verdächtig, wenn die Mutter ins Schlafzimmer kam und es lag am helllichten Tag einer der beiden im Schlafanzug im Bett. Fast immer konnte sie dann irgendwo in einem Winkel ein triefendes Bündel Bubenkleider auffinden und die Frage, was passiert war, erübrigte sich mit der Zeit. Einem schlafenden Kind scheute sich die Mutter aber instinktiv den Hosenboden zu versohlen. Und das war auch der Sinn dieses »freiwilligen« Mittagsschlafes.

Eine Schokoschnecke in der Hose

Zu den Leuten im Nachbarhaus zur Hauptstraße hin bestand eine besonders enge Verbundenheit. Sie hatten nicht nur zwei hübsche Töchter, sondern auch einen Laden, in dem für uns nicht gerade verwöhnten Naschmäuler manchmal ein paar Gutsle abfielen, die es sonst höchstens an besonderen Tagen wie Weihnachten, Ostern und Geburtstag gab. Die Kariesforscher und Ernährungsberater hätten ihre Freude an uns gehabt.

Die eine Tochter war etwas älter als wir und ging bald ihren beruflichen Weg als Arzthelferin. Hanni, die jüngere von beiden, war ein Energiebündel und natürlich bei all unseren Streichen und Unternehmungen dabei.

Wieder einmal saßen wir auf der Mauer im Sonnengässle zusammen und blickten in das gemütlich dahinfließende Wasser der Bühlot, in der ein paar Fische munter umherschwammen. Unsere Gedanken beschäftigten sich mit dem Nachmittagsprogramm. Sollten wir den Kioskpächter an der Hauptstraße mal wieder in Rage bringen? Mit der scheinheiligen Frage »Was kostet denn ein Zwanziger-Eis?« gelang das immer! Oder sollten wir bei Egon zwei Häuser weiter mit seinen Zinnsoldaten spielen? Auch »Räuber und Gendarm« oder »Der Kaiser schickt seine Soldaten hinaus« wäre kein schlechter Zeitvertreib, überlegten wir, als Hanni plötzlich das Thema wechselte.

»Habt ihr eigentlich schon mal eine Schokoschnecke gesehen?«, fragte sie ohne Vorwarnung in die ahnungslose Runde.

»Ich kenne Weinbergschnecken«, meinte Edgar.

»Nacktschnecken gibt es auch noch«, ergänzte Robert.

»Ganz kalt!«, lachte Hanni.

»Eine Schneckennudel mit Schokoladenguss!«, trompetete Egon los.

»Immer noch kalt!« Hanni schüttelte den Kopf.

»Mensch! Spann uns nicht ewig auf die Folter! Gibt es das Fabeltier überhaupt?«, fragte ich genervt.

»Ja, hier in meiner Hose«, grinste das Mädchen.

»Lass sehen!«, riefen wir neugierig.

Hanni lüpfte ihren Rock und gab einen Blick in ihre Unterhose frei. Dort waren ein paar Schokoladenstücke, die sie heimlich aus dem Laden geschmuggelt hatte, in Auflösung begriffen. Mit hochroten Köpfen standen wir fassungslos da.

»Schade um die schöne Schokolade«, seufzten wir nur, denn mehr fiel uns dazu damals nicht ein.

Was ist ein Nudelwurm?

Wenn wir größeren Brüder unterwegs waren, auf dem Feld halfen, Zeitungen austrugen oder die Schule besuchten, mussten die kleineren Geschwister die Zeit oftmals im Laufstall verbringen, da unsere Mutter bei so einer großen Familie natürlich ständig beschäftigt war.

So traf es eines Tages wieder einmal Robert, der friedlich im gepflasterten Hinterhof zwischen dem Nachbarhaus und unserer Wohnung im Laufstall saß und sich mit seinen wenigen Habseligkeiten die Zeit vertrieb, während die Mutter drinnen im Haus die Wäsche bügelte.

Ab und zu warf sie einen Blick aus dem Fenster. Der Bub spielte. Auch das Dienstmädchen aus dem Nachbarhaus schaute einige Male in den Hof hinab. Es gab nichts Aufregendes zu sehen. Der Bub spielte.

Die Zeit verging und an dem gewohnten Bild hätte sich nichts geändert, wenn nicht plötzlich eine Nudel in Roberts Blickfeld aufgetaucht wäre. Und was das Interessante daran war, die bewegte sich auch noch!

Nudeln aß Robert besonders gern und so robbte er in Richtung der verlockenden Speise. Rasch griff er zu und hielt das zappelnde Etwas in die Höhe. Die Sache schien lustig zu sein, so eine zappelnde Nudel war ihm noch nicht untergekommen. Die musste besonders gut schmecken.

Genüsslich wollte sie der Bub in den Mund schieben, als ein gellender Schrei die friedliche Stille zerriss.

»Wirf das Ding weg! Das kann man nicht essen, das ist ein Wurm!«, schrie das Dienstmädchen aus dem Nachbarhaus.

Unsere Mutter hörte das Geschrei und glaubte an ein Unglück. Bestürzt rannte sie in den Hof. Doch der Knabe saß friedlich da.

»Mama, ein Nudelwurm!«, sagte er voller Stolz.

»Der wollte einen Wurm essen«, zeterte das Dienstmädchen.

»Gib mir den Nudelwurm«, sagte die Mutter ruhig.

»So d'sluckt!«, sagte Robert zufrieden.

»Das ist ja ekelhaft«, rief das Mädchen.

»'s gibt Schlimmeres!«, lachte die Mutter nur und ging ins Haus zurück.

Arrest und andere Aufregungen

Es ist eine alte Tatsache, dass ein Stall voll Kinder für die gegenseitige Erziehung förderlich ist und dass es Einzelkinder oft schwerer haben, sich mit anderen Kindern zu vertragen.

Bei uns gab es bei sechs Geschwistern gewiss Streit und Keilerei genug, so dass unsere Mutter oft dazwischenfahren musste, wobei ihre Hand recht locker saß. Aber wenn es darauf ankam, hielten wir fest zusammen, und unser gutes Verhältnis ist bis heute so geblieben. Eine besonders enge Verbindung bestand zwischen Robert und Marianne, die beide im Sonnengässle zur Welt kamen und deren Altersunterschied nur ein Jahr betrug.

Unser Kindergarten in der Stadt wurde von Nonnen betreut. Marianne, damals unsere Jüngste und als einziges Mädchen von uns Brüdern etwas verwöhnt, zog sich mit ihren lockeren Sprüchen oft den Zorn der Kinderschwester zu, besonders wenn sie Liedtexte absichtlich veränderte und verdrehte. Einmal wurde sie für diese Ungezogenheit von der unbarmherzigen Schwester im Klo eingeschlossen.

»Da bleibst du drin, bis du auf andere Gedanken kommst!«, hüstelte die gekränkte Nonne und trottete von dannen.

Mein Bruder Robert ängstigte sich um sein eingesperrtes Schwesterchen, setzte sich wie ein treuer Hund vor die Tür und weinte immer lauter: »Hab keine Angst, ich hol dich raus!«

Und tatsächlich, die treue Seele erweichte bald das Herz des Strafengels und die beiden Geschwister sahen sich wieder froh vereint.

Doch nicht immer waren sie ein Herz und eine Seele. Robert konnte recht zornig werden, wenn Marianne ihn geärgert hatte oder er sich benachteiligt fühlte. In seiner Wut brannte er einmal mit dem Brennglas der unschuldigen Puppe seiner Schwester ein Loch in den Kopf. Doch Marianne steckte das locker weg und ließ sich von weiteren Streichen nicht abhalten.

So spazierte die Kleine eines Tages unerschrocken ganz allein zum Zahnarzt, statt in den Kindergarten zu gehen. Daheim herrschte große Aufregung, als das Mädel nicht auffindbar war. Später stellte sich dann heraus, dass der Grund für den Abstecher zum Zahnarzt in dem Bonbon zu suchen war, das man dort jedes Mal nach erfolgreicher Behandlung, das heißt, wenn man brav war, bekam.

Die gleiche Aufregung herrschte, als sie ein anderes Mal zum Metzger am Johannesplatz geschickt worden war und ohne Geldbeutel nach Hause kam. Da dieser aber bei unserem knappen Budget unersetzlich war, wurden wir Brüder gleich losgeschickt, den ganzen Weg abzusuchen. Und was kaum einer geglaubt hatte, wir hatten Glück! Auf dem Schaufenstersims des Metzgerladens lag der Gesuchte – mit dem kompletten Rausgeld. Es waren halt noch ehrliche Zeiten.

Der Schuh an der Wäscheleine

Der unfreiwillige Streich, den Robert unserer Mutter spielte, war einmalig toll. In unserer Zweizimmerwohnung, den beengten Verhältnissen mit damals vier Kindern entsprechend, standen die Betten der zwei Kleinen im elterlichen Schlafzimmer, während die zwei Größeren im Wohnzimmer ihre Schlafstätte hatten. Das Plumpsklo war außerhalb der Wohnung über den Hof zu erreichen, und so stand nachts ein Nachttopf unter Mutters Bett.

Mama war abends die Letzte, die zu Bett ging. Es gab viel zu tun, bis eine so große Familie wie wir versorgt war. Es mussten noch Strümpfe gestopft und zerrissene Hosen genäht werden, denn eine große Auswahl hatten wir damals nicht. Doch unsere Mutter brachte es immer so geschickt hin, dass die Sachen am nächsten Tag wieder wie neu aussahen. Morgens war sie die Erste, die aufstand, den Kleinen die Schoppen kochte, Vater das Frühstück richtete und die Größeren weckte, die zur Schule mussten.

Eines Morgens aber schreckte Mama alle gleichzeitig aus dem Schlaf. Sie war gerade in den Hausschuh geschlüpft, als ihr ein Schrei entfuhr. Ihr Schlappen war ganz feucht und roch bei näherer Betrachtung recht eindeutig. Robert musste wohl schlaftrunken, wie er war, den Pantoffel mit dem Nachttopf verwechselt haben, als er nachts mal musste.

Diese Morgenstund hatte kein Gold im Mund, und die Nachbarn wunderten sich, als bald darauf ein gewaschener Hausschuh zwischen der Wäsche an der Leine hing.

Ich kann mich auch noch an einen ähnlichen Vorfall erinnern, bei dem aber keines von uns Kindern der Schuldige war: Wie schon erwähnt stand mein Bett in der Wohnstube und verstellte eine Tür nach draußen. Dieser Umstand hatte Folgen. Eines Abends, als alle schon in ihren Betten lagen, raschelte es auf einmal an der Tür. Was war das? Ich horchte auf. Da plätscherte doch was! Regnet es vielleicht, dachte ich? Bei genauerem Hinhören merkte ich aber, dass da einer an die Tür pinkelte.

»So eine Sauerei!«, rief ich laut und pochte mit der Faust dagegen.

Das Plätschern hörte abrupt auf. Als ich noch einmal klopfte, war ein Getuschel zu vernehmen.

»Mensch, zieh die Hosen hoch, da kommt wer!«, hörte ich eine Stimme.

Es folgte ein sich schnell entfernendes Fußgetrappel, dann war Ruhe. Seither schaute ich abends immer nach, ob das Tor zum Sonnengässle hin auch verschlossen war.

Ein Trampolin im Schlafzimmer?

Das elterliche Schlafzimmer hatte nur ein kleines Fenster zum Hinterhof hin. Damit es nicht zur Dunkelkammer verkümmerte, war die Wand zum Wohnzimmer im oberen

Teil mit ein paar Glasscheiben ausgestattet. So konnte sich auch der eine oder andere Lichtstrahl aus dem Sonnengässle in dieses Zimmer verirren.

Wenn abends noch Besuch kam, durften Edgar und ich im elterlichen Ehebett schlafen, denn unsere Betten standen im Wohnzimmer. Robert und Marianne nächtigten sowieso im Schlafzimmer.

Aber gerade an solchen Abenden war es für uns Kinder mit dem Einschlafen so eine Sache. Wer wollte sich schon entgehen lassen, was im Wohnzimmer los war, was gesprochen und warum gelacht wurde? An Ideen fehlte es uns nicht, um einen neugierigen Blick durch die Oberlichter zu werfen. Einer stellte sich aufs Bett, der andere kletterte auf dessen Schultern, und mit dieser zirkusreifen Nummer gelang es leicht, Eltern und Besuch zu beobachten. Dann wurde gewechselt, damit jeder zu seinem Ausguck kam. Noch lächelten die Erwachsenen, wenn sie einen unserer Köpfe auftauchen sahen.

Doch mit der Zeit wurden unsere Bemühungen, wie es bei Zirkusnummern üblich ist, immer waghalsiger und unsere Stimmung immer übermütiger. Wie Trampolinspringer hopsten wir schließlich auf den ächzenden Matratzen in die Höhe und präsentierten uns dem staunenden Publikum. Wie beim Kasperletheater erschienen unsere Köpfe über der Spielleiste und verschwanden wieder.

Doch wehe, wenn Papa oder Mama aufstanden! Dann war es höchste Zeit, die Vorstellung abzubrechen und unterm Deckbett zu verschwinden. Sonst wären wir, Besuch hin oder her, mit polierten Hintern eingeschlafen.

Die neuesten Modetrends

In der Nachkriegszeit wurde nie lange danach gefragt, was wir Kinder anziehen wollten. Die Auswahl war nicht groß, und so war viel Eigeninitiative gefragt. An unserer Mutter war eine geniale Modeschöpferin verloren gegangen. Was sie alles aus den von Verwandten abgelegten Kleidungsstücken zauberte, war kaum zu glauben.

So schneiderte sie für meinen Bruder Edgar und mich je einen Mantel mit Fischgrätenmuster, die uns zwar nicht gefielen, an kalten Wintertagen aber warmgaben. Als sie später mal in Mode kamen, waren wir ihnen leider entwachsen.

Ein Glanzstück ihrer Modekollektion war eine Knickerbockerhose, als deren Träger ich auserkoren wurde.

»Schaut euch mal den Landjunker an!«, feixten die Brüder, als ich in diesem Designerstück dastand.

Ich war sonst nicht zimperlich, was das Anziehen betraf. Aber in diesem Aufzug sah ich wirklich mehr als komisch aus.

»Diese Apfelstehlershose ziehe ich nicht an!«, heulte ich los.

Und als alles Zureden meiner Mutter nichts half, wurde das kostbare Stück an meinen Bruder Edgar weitergereicht, der es ohne Murren zur Schau trug.

Genial war auch die Unterwäsche in jener Zeit, die »Leib-und-Seel-Hose«. Unterhemd und Unterhose waren aus einem Stück und daran baumelten auch noch zwei Strapse, an denen die gestrickten Strümpfe befestigt wurden. Mit langen Hosen darüber ging das ja noch, aber bei kurzen Hosen schaute da immer ein Stück nackte Haut der Oberschenkel hervor. Und das war allen Buben peinlich!

Wie sehr sehnten wir Ostern herbei. Da durften wir endlich Kniestrümpfe anziehen, aber nur, wenn es draußen warm genug war. Doch keine Sorge, uns war immer warm, Hauptsache wir waren die ungeliebten gestopften Stümpfe los!

Schlemmerei am Kommuniontag

Wenn es in der Zeit nach dem Krieg auch sonst recht sparsam zuging, am Tag meiner Erstkommunion wurde alles aufgefahren, was Mamas Küche hergab. Sie war als gute Köchin bekannt, und so strömte die ganze Verwandtschaft herbei. Die zwei Betten wurden aus dem Wohnzimmer geräumt und aus dem »Storchen« nebenan Tische und Stühle geliehen, die weiße, gestärkte Tischwäsche, das gute Porzellan und das schwere Silberbesteck, alles aus Mamas Aussteuer, aus dem Schrank geholt, dann konnte der Festschmaus beginnen, der mit einem Hochzeitsessen vergleichbar war.

Das Menü begann mit einer badischen Markklößchensuppe, garniert mit Eierstich. Ein »Ah« und »Oh« entlockte dann das Hauptgericht dem geschmeichelten Gaumen, Schwalbennester mit Kroketten und eine köstliche Gemüseplatte, alles selbst angebaut und nur leicht im Dampf gedünstet. Zum Dessert kamen dann selbstgebackene Biskuits in Weinsoße auf den Tisch.

Nach einer kleinen, wohlverdienten Ruhepause für den Magen, in der ein trockener Riesling aus Omas Rebland die Zungen für ein anregendes Gespräch lockerte, gab es nun nach altem badischen Brauch den Sauerbraten mit selbstgemachten Nudeln und grünem Salat.

Darauf tat ein Spaziergang gut, der in den nahen Stadtgarten führte, während die fleißigen Küchenhilfen Geschirr spülten und die bereits tagelang vorher gebackenen Kuchen und Torten zum Kaffee richteten. Zum krönenden Abschluss gab es Aufschnittplatten, von Mama liebevoll garniert, dazu Holzofenbrot aus Tante Margrets Backofenhäusle.

Wer Landwirtschaft hatte, war vorher schnell nach Hause geeilt, das Vieh zu versorgen, um anschließend noch gemütlich und unbeschwert bei Omas Rebensaft zusammensitzen zu können.

Und ich bestaunte meine Kommuniongeschenke, die ich von den Verwandten und der Nachbarschaft bekommen hatte: sieben Sammeltassen, fünf Alpenveilchen, ein Buch und von der Patin eine gebrauchte Armbanduhr.

Von nichts kommt nichts

In den schweren Jahren nach dem Weltkrieg konnte unsere kinderreiche Familie nur überleben, wenn jeder mithalf. Papas Verdienst reichte nicht aus, und so trug Mama frühmorgens Zeitungen aus, putzte samstags in einer Metzgerei, und nach der Schule hieß es für uns Kinder manchmal die Hacke auf den Buckel nehmen und hinaus auf den Acker wandern. Da half alles Murren und Maulen nichts! Wenn keine Feldarbeit anstand, trugen wir Zeitschriften aus und waren abends todmüde.

So war ich auch einmal den ganzen Nachmittag unterwegs gewesen, hatte Radiohefte, Modejournals und Illustrierte ausgefahren und mich dabei vor manchem kläffenden Hund geängstigt. Ein großer Wolfshund hatte die Angewohnheit, still und friedlich unter einer schattigen Tanne zu liegen, wenn ich über den Hof ins Haus ging. Aber kaum schlich ich wieder hinaus, war es mit der gespielten Schläfrigkeit vorbei, und ich musste schnell sein, um vor ihm das rettende Gittertor zur Straße hin zu erreichen.

Abends saß ich dann am Küchentisch, fast zu müde, um zu essen. Ein Stück Schwarzwurst hatte ich vor mir und wollte es halbieren. Ich hatte keine Ahnung, dass Mama das sonst recht stumpfe Messer frisch geschliffen hatte und hielt zu allem Unglück die jetzt scharfe Klinge verkehrt herum. Schon sauste das Mordinstrument in meinen linken Daumen.

Ein tiefer Schnitt durchzog fast die gesamte Fingerkuppe und das Blut floss in Strömen heraus. In panischer Angst sprang ich umher, schrie wie am Spieß und schüttelte die schmerzende Hand, dass das Blut bis zur Decke hochspritzte. Die ganze Familie kam aus der Stube gerannt. Mama packte mich gerade noch, bevor ich ohnmächtig wurde. Sie war nicht zimperlich und hielt meinen Kopf unter den Wasserhahn. Als ich wieder zu mir kam, verarztete sie mich fachmännisch, denn das hatte sie bei unseren häufigen Blessuren gut gelernt.

Und als Papa dann noch ans Bett kam und mir zum Trost liebevoll übers Haar strich, waren die Tränen vergessen und die Welt wieder in Ordnung.

Auftauwasser vor dem Frühstück

Wie im Sonnengässle waren wir Kinder auch in der Schwanenstraße zu Hause. Beide verliefen parallel und es gab zwischen den Wohn- und Geschäftshäusern mehrere

Verbindungsgänge, die wir uns beim Versteckspielen zu Nutze machen konnten. Doch dazu hatten wir nicht immer Zeit.

In den Nachkriegsjahren war bei vielen Familien das Geld knapp, und so mussten wir Kinder ab und zu auch etwas hinzuverdienen. Morgens Brötchen ausfahren, das war eine der Möglichkeiten, die sich uns bot. So schnappte ich werktags in aller Herrgottsfrühe mein Fahrrad und radelte zum Fritschebeck in der Schwanenstraße, lud den Korb mit den Tüten auf den Gepäckträger und machte mich an die Arbeit.

In der warmen Jahreszeit und vor allem bei schönem Wetter war das kein Problem. Frische Luft und viel Bewegung vor einem anstrengenden Schultag waren doch Gesundheit pur und hätten jeden Fitnesstrainer begeistert. Und als Belohnung wartete auch noch ein fürstliches Frühstück auf mich, mit dem mich die Bäckersfrau nach getaner Arbeit erfreute: Frische Wecken, Brezeln, Schneckennudeln, alles Köstlichkeiten, die wir Kinder sonst selten bekamen, dazu ein Pausenvesper für die Schule! Was wollte ich mehr?

Doch es gab auch andere Tage, an denen Regen, Wind und Kälte das Ausfahren zur Qual machten und den Glauben an die sportliche Ertüchtigung ins Wanken brachten. Aber das waren alles Kinkerlitzchen gegen das, was mich eines Wintertages erwartete: Es war an einem so eisigen Tag, wie er in unseren Breiten nur äußerst selten vorkommt. Das Thermometer zeigte minus 30 Grad an, und ich musste an diesem Morgen den weiten Weg in den Hägenich, ein Neubaugebiet am Rande der Stadt, fahren. Lange ging alles gut. Ich zitterte zwar wie Espenlaub, aber ich hielt tapfer durch.

»Gell, es ist kalt, Bub!«, meinte eine Frau, als sie mir öffnete und ihre Tüte in Empfang nahm.

Mein Schlottern war Antwort genug.

»Heute musst du rennen, dass du nicht festfrierst!«, rief mir ein Mann mit Aktentasche zu, als er ins Auto stieg.

»Der hat gut reden«, bibberte ich vor mich hin und war froh, als ich die letzte Tüte abgeliefert hatte.

Auf der Heimfahrt spürte ich plötzlich die Hände und Füße nicht mehr. Die gestrickten Handschuhe waren für diese Temperaturen nicht geeicht und die Lederschuhe hatten damals innen noch kein warmes Winterfell. Ich stieg vom Rad und stolperte weiter. Den Lenker hielt ich mit den Ellbogen fest. Halb erfroren kam ich in die Bäckerei zurück.

»Um Himmels willen, Bub, wie siehst du denn aus?«, jammerte die Bäckersfrau, als sie mich erblickte.

Schnell füllte sie warmes Wasser in zwei Schüsseln, eine für die Hände und eine für die Füße. Zuerst spürte ich nichts, doch als die Gliedmaßen langsam aufzutauen begannen, glaubte ich, mittelalterliche Foltermethoden zu erleiden. In sämtlichen Gliedern klopfte, hämmerte und stach es, dass mir angst und bange wurde.

»Gell, das tut gut, Bub!«, meinte die Bäckersfrau lächelnd.

Ich hatte da eine andere Sicht der Dinge. Aber als die Tortur schließlich dazu führte, dass ich zu neuem Leben erwachte und ich gewiss war, dass die Körperteile nicht abgefroren waren, lächelte auch ich wieder. Und das Frühstück schmeckte mir dann doppelt so gut wie sonst.

Ein gastliches Haus

In der Nachkriegszeit war in den meisten Wohnungen eh nicht viel zu holen, und so hielten sich Wohnungseinbrüche in Grenzen. Aus diesem Grund ging mancher aus dem Haus, ohne Türen und Fenster zu verriegeln. Auch unsere Mutter war da nicht ängstlich.

»Da legt keiner einen Hunderter auf den Tisch!« So drehte sie den Spieß um.

Recht hatte sie, es hat wirklich nie einer einen solchen Schein bei uns verloren. Aber ungeahnte Folgen sollte so ein Tag der offenen Tür doch noch haben.

Es war am Zwetschgenfest, in der Heimatstadt der Bühler Frühzwetschge immer ein herausragendes Ereignis. Mein Bruder Edgar war beim Windeck-Schießen Erster geworden und durfte beim Festumzug als strahlender Sieger mit seiner Armbrust mitmarschieren. Es war klar, dass die ganze Familie unter den Zuschauern war.

Nach dem Umzug gab's daheim Kaffee und Kuchen. Mama hatte eigens fürs Fest einige leckere Obstkuchen gebacken, denn manchmal kehrte an solchen Tagen auch die eine oder andere Verwandtschaft bei uns ein. Und billiger als auf dem Fest war es allemal.

Robert und Marianne rannten mal wieder voraus und stürmten in die Küche. Doch was war das? Plötzlich machten sie kehrt und stolperten uns entgegen.

»Da liegt einer!«, schrien sie entsetzt.

»Was ist los?«, fragte Mama ungläubig.

»In der Küche liegt einer!«, wiederholten die Kleinen.

»Ich sag's ja immer, schließ ab!«, maulte unser Vater.

Doch couragiert, wie unsere Mutter war, stürmte sie ins Haus, um sich die Sache genauer anzusehen. Tatsächlich, da lag doch auf dem Sofa in der Küche ein fremder Mann. Der Kleidung nach musste es sich um einen Soldaten handeln.

»Ist das ein Franzose?«, wollte Robert wissen.

»Eher ein Kanadier«, erklärte Papa.

Unsere Stadt gehörte damals zur französischen Besatzungszone, aber im nahen Söllingen gab es einen kanadischen Militärflugplatz. Von dort musste der Mann kommen.

»Und wo hat er denn sein Flugzeug?«, fragte die kleine Marianne.

»Schau mal auf's Dach hoch!«, feixte Edgar. »Vielleicht hängt es dort!«

Mama war da praktischer veranlagt. Sie rüttelte den Schläfer, doch der war nicht zum Aufstehen zu bewegen. Er grunzte nur und schnarchte weiter.

»Ich glaube, der ist besoffen«, stellte Robert trocken fest.

»Ja, der ist ziemlich müde«, sagte Mama, »lassen wir ihn schlafen!«

Also schnappten wir Geschirr, Kuchen und Kaffee und schlichen ins Wohnzimmer. So still wie an diesem Nachmittag war es noch selten im Haus.

Es dauerte bis zum Abend, bis sich auf dem Sofa in der Küche etwas regte. Der Auferstandene entpuppte sich tatsächlich als Kanadier, der bei der Hitze den badischen Wein nicht so gut vertragen hatte. Den Satzfetzen in Englisch, Französisch und Deutsch war zu entnehmen, dass er nach dem Besuch eines Weinstandes umhergeirrt war und nichts als einen ruhigen Schlafplatz gesucht hatte.

Und gastfreundlich, wie Mama immer war, zauberte sie dem jungen Mann mit starkem Kaffee die Lebensgeister zurück, nur beim Obstkuchen langte er nicht so kräftig zu. Der Magen schien noch eine längere Ruhephase zu benötigen.

Ob der Gast Flieger war, dem Bodenpersonal angehörte oder sonst eine Funktion beim Militär hatte, wissen wir bis heute nicht, aber jedes Mal, wenn ein Düsenjäger über die Stadt donnerte, riefen wir nur: »Da fliegt er wieder, unser Kanadier!«

Das rote Weihnachtsauto

Nach dem schrecklichen Weltkrieg gehörte meine Heimatstadt zur französischen Besatzungszone. Kasernengebäude, Militärfahrzeuge, Wohnblocks für die Familien der Soldaten und sogar ein französisches Kino gehörten zum Alltag. Sonntags gab es in St. Peter und Paul auch eine Messe auf Französisch.

Mit der Zeit wurde das Verhältnis der ehemals verfeindeten Nationen immer besser und das verträgliche Miteinander wurde bei gemeinsamen Aktionen deutlich. So wurde in der Adventszeit in der Stadthalle eine vorweihnachtliche Feier abgehalten, zu der jedes Mal ein paar deutsche Kinder aus nicht so begüterten Familien eingeladen wurden.

Einmal war ich unter den Auserwählten. Wie alle Kinder wartete ich sehnsüchtig auf die Bescherung am Ende der Veranstaltung. Jedes anwesende Kind erhielt vom französischen Nikolaus ein Geschenkpäckchen. In meinem war ein Spielzeugauto, ein roter Rennwagen aus Blech, ein Ferrari.

Das Tollste daran war, dass man den Wagen aufziehen konnte.

Bald flitzte er durch unser Wohnzimmer und leuchtende Kinderaugen verfolgten ihn. So ein schönes Spielzeug hatten wir noch nie gehabt. Bei uns gab es damals nur notwendige Sachen zum Anziehen, ein paar Süßigkeiten und für alle gemeinsam noch ein kleines Spiel, vielleicht ein Angelspiel mit Fischen aus Pappe. Und jetzt dieses Weihnachtsauto! Ich hätte ganz Frankreich küssen und umarmen können!

Doch die Freude dauerte nicht lange. Am zweiten Weihnachtsfeiertag kam Besuch aus Waldmatt, Verwandtschaft meines verstorbenen Großvaters. Erwin, ein Großcousin von uns Kindern und etwas älter als wir, war auch dabei. Natürlich nahm der das rote Rennauto gleich in Beschlag. Mir schwante nichts Gutes, als ich sah, wie er das Gefährt immer bis zum Anschlag aufzog. Und dann passierte es! Er überdrehte die Feder, es krachte hässlich und der Antrieb war hinüber. Natürlich plärrte ich drauflos. Was sollte ich mit einem Rennauto anfangen, das nicht mehr fuhr?

»Ich kaufe dir ein neues«, versuchte mich der Übeltäter zu trösten.

Doch wenn es nach Erwin gegangen wäre, müsste ich heute noch plärren. Das versprochene Auto sah ich nie.

»Die Zeit heilt alle Wunden«, war ein häufig zitierter Spruch meiner Mutter. Doch das zu verstehen ist für ein Kind gar nicht so einfach.

Falschgeld im Automaten

Mama hatte ihren eigenen Erziehungsstil. Herzensgut wie sie war, konnte sie manches ertragen, aber Unehrlichkeit ließ sie nie aufkommen. Da kannte sie kein Erbarmen.

Eines Tages hatte Edgar spitzgekriegt, dass einem Süßigkeitenautomaten, der die Fassade eines Milchgeschäfts in der Gartenstraße zierte und mit Mamba-Kaubonbons gefüttert war, die Leckereien auch mit Hilfe eines alten, wertlosen Zehners aus der Vorkriegszeit zu entlocken waren.

Ein in solchen Spitzfindigkeiten erprobter Schulkamerad, aus dessen unerschöpflichem Vorrat auch einige ruchlose Witze in unserem Haus landeten, hatte meinem Bruder die Übeltat so lange schmackhaft gemacht, bis Edgar den Trick ausprobierte. Er klappte auf Anhieb, und mit zwiespältigen Gefühlen machte sich mein Bruder auf den Heimweg. Einesteils freute er sich über das gelungene Husarenstück, anderenteils nagte das schlechte Gewissen in ihm. So kam, was kommen musste. Beim Zubettgehen beichtete er die Freveltat unserer Mutter.

Mama sagte nicht viel. Sie holte aus ihrem Geldbeutel einen neuen Zehner, gab ihn dem verwundert schauenden Buben und sagte: »Bring den morgen der Milchfrau und entschuldige dich!«

Am anderen Tag schlich Edgar um den Laden wie eine Katze um den heißen Brei. Doch schließlich siegte sein Gewissen. Er gab sich einen Ruck, und schon klingelte die Ladentür. Die Milchfrau blickte erstaunt auf den Buben, der ihr ein Zehnpfennigstück entgegenstreckte.

»Da, den soll ich abgeben, ich, ich hab gestern draußen einen falschen hineingesteckt!«, stotterte er.

Nun war es heraus, ein kräftiges Durchatmen, jetzt ging es ihm wieder besser. Die Ladenbesitzerin schien gerührt über so viel Ehrlichkeit und schenkte meinem Bruder den Zehner. Hopsend und pfeifend kam Edgar heim und gab Mama strahlend das Geldstück zurück, das sie zufrieden lächelnd einsteckte.

Als Papa am Abend, wie immer im Nachthemd, ins Wohnzimmer schlich, um das Radio auszumachen, strich er einem selig schlafenden Buben über das Haar.

Das besondere Torwarttrikot

Der Sieg der deutschen Mannschaft im Endspiel der Fußballweltmeisterschaft in Bern gegen Ungarn begeisterte uns Buben derart, dass wir uns jetzt nachmittags noch öfter zum Fußballspielen verabredeten. Da das Stadion des VfB Bühl für uns unzugänglich war, mussten wir uns mit dem Hartplatz daneben zufriedengeben. Doch manchmal wichen wir auf den Sportplatz in Hatzenweier aus. Dieser lag zwar etwas weiter entfernt, aber er war mit Gras bewachsen und verursachte beim Hinfallen keine so schmerzenden Schürfwunden. Und wozu hatten wir unsere Fahrräder?

Einmal stand ein Klassenspiel der 5a gegen die 5b auf dem Programm. Mich hatte man als Torwart vorgesehen. Obwohl ich für diesen Posten fast ein wenig zu klein und zu schmächtig war, besaß ich doch eine enorme Sprungkraft, und schnell war ich auch.

Aber es gab ein Riesenproblem: Ausgerechnet an diesem Nachmittag musste ich Zeitschriften austragen.

»Für so einen Firlefanz haben wir keine Zeit«, sagte mein Vater, als ich von diesem wichtigen Spiel berichtete.

Alles Bitten half nichts. Dabei hatte ich extra auf einen alten, schwarzen Pullover eine Eins aufgenäht, die ich aus einem alten, weißen Kissen ausgeschnitten hatte.

Mit Tränen der Enttäuschung in den Augen machte ich mich an die Arbeit und trug einige Hefte aus. Vorsichtshalber hatte ich heimlich das selbst gebastelte Trikot eingesteckt. Und als die Uhr immer weiter in Richtung Spielbeginn tickte, stach mich der Hafer. Ich trat in die Pedale und raste nach Hatzenweier, wo sich die Mannschaften gerade aufstellten.

»Mensch, wo bleibst du denn?«, riefen die Kameraden.

Ganz außer Atem brachte ich keine Entschuldigung heraus, streifte den Pullover über und bezog zwischen den Holzpfosten Stellung.

Ob wir gewonnen oder verloren haben, weiß ich heute nicht mehr. Aber eines ist mir noch in guter Erinnerung. Am anderen Tag, als ich die restlichen Zeitungen ausgetragen hatte, nahm mich die Mutter auf die Seite und meinte lächelnd: »Wenn du das nächste Mal heimlich Torwart spielst, dann nähe den Einser wenigstens richtig herum auf!«

Ich war sprachlos. Woher wusste Mama, dass ich beim Fußball war?

»Der liebe Gott sieht alles«, behauptete sie.

Das brachte mich ins Grübeln. Sollte der liebe Gott etwa weiblich sein?, beschlich mich eine leise Ahnung.

Erlebnisse mit der Milchkanne

Im Stadtteil Kappelwindeck wohnte eine Tante unserer Mutter. Sie hatte noch Kühe, und so wurden wir jeden Tag losgeschickt, dort eine Kanne voll frischer Milch zu holen. Normalerweise war das nichts Aufregendes, doch in der Fasnachtszeit hatte dieses Vorhaben seine Tücken. An diesen sonst so lustigen Tagen herrschte damals noch eine Fehde zwischen der Bühler und der Kappler Jugend. Wehe dem Bürschchen aus der Kernstadt, das sich in Kappel blicken ließ! Dort lauerten die Buben mit Holzprügeln bewaffnet, um es uns Stadtbuben einmal zu zeigen, wo der stärkere Nachwuchs daheim war.

Es war ausgerechnet diese Woche, in der ich mit Milchholen an der Reihe war. Zum Glück kannte ich einen Schleichweg, auf dem ich unangefochten zu meiner Tante gelangte. Erleichtert machte ich mich mit der Milchkanne auf den Heimweg. Aber da haben mich die Wegelagerer doch noch entdeckt.

»Da ist einer, auf ihn, packt ihn, schlagt ihn!«, schrie es plötzlich hinter mir.

Mich ängstlich umschauend, erblickte ich ein paar Kerle hinter mir, drohend die dicken Bengel schwingend. Jetzt hieß es für mich, Fersengeld zu geben und quer über die Wiese hinabzurennen, um mich in Sicherheit zu bringen. Ich war zwar klein, aber rennen konnte ich. Und so entkam ich der wutschnaubenden Meute. Die Milch war gerettet.

Das war nicht immer so. Manchmal kam es vor, dass wir die Milch »verleerten«. Als ich einmal mit dem Fahrrad unterwegs war und die volle Milchkanne an die Lenkstange gehängt hatte, achtete ich zu wenig auf den schmalen, holprigen Weg, den ich als Abkürzung genommen hatte. Ich kam aus der Spur, stürzte, der kostbare Kuhsaft entfloh in alle Richtungen und versickerte unter Veilchen und Vergissmeinnicht.

Aber ich wusste mir zu helfen. Zerknirscht radelte ich zur Tante zurück und versicherte ihr mit scheinheiliger Miene: »Die Milch hat nicht gereicht. Ich soll noch eine Kanne voll holen!«

Und lieb, wie die Tante war, füllte sie das unprogrammgemäß »verleerte« Gefäß wieder voll, das ich diesmal äußerst behutsam nach Hause jonglierte.

Fußball oder Eis?

Sonntags kam immer unsere Oma zum Mittagessen. Opa war in frühen Jahren an einem geplatzten Blinddarm gestorben, genauso wie Omas Vater, es gab nicht überall Penicillin, denn es war Krieg. Wir hatten zwar nicht viel, aber Mama kochte immer so reichlich, dass es für alle langte.

Besonders wir Kinder freuten uns auf Oma, denn von ihr gab es jedes Mal einen Zehner. Keinen Zehnmarkschein, den hatte Oma oft selbst nicht, aber mit zehn Pfennigen konnte man schon allerhand anfangen. Zum Beispiel beim Grafebeck eine Waffeltüte mit Eis kaufen oder im Milchladen in der Sternengasse eine Portion Sahne. Ein schöneres Sonntagsdessert konnte man sich kaum denken.

Manchmal aber drehte ich den Zehner ein paarmal um. Was tun? Sollte ich mir auch ein Eis kaufen oder zum Fußball gehen? Die erste Mannschaft war damals spitze und spielte in der obersten Amateurliga. Das kostete natürlich Eintritt. Weil ich nicht so viel Geld hatte, schlich ich so lange ums Kartenhäuschen herum, bis der Kassierer Erbarmen zeigte. Das Spiel war inzwischen schon voll im Gange.

»Hast du denn gar kein Geld bei dir?«, wollte der Mann im Häuschen wissen.

»Nur einen Zehner«, seufzte ich.

»Na, dann gib her! Besser als nichts!«, murrte er und ließ mich hinein.

Der Nachmittag war gerettet, ein Nachmittag voller Fußballspannung. Und wenn der VfB auch noch gewann, hatte sich die Investition gelohnt. Der Verzicht auf das sonntägliche Eis war dann leicht zu verschmerzen. Und schließlich gab es ja auch noch Auswärtsspiele.

Wo ist dein Bruder?

Wieder einmal waren wir im Sonnengässle unterwegs, mit den Verbindungsgängen zur Schwanenstraße und den schmalen Brücken über die Bühlot für uns Kinder der ideale Spielplatz. Und Ideen hatten wir genug. Was dem einen nicht einfiel, wusste ein anderer. Und an Nachbarskindern mangelte es damals nicht.

An diesem Tag spielten wir gerade Räuber und Gendarm, als uns Mama plötzlich zum Essen ins Haus rief. Das passte zwar nicht so recht in unser Programm, aber wir gehorchten. Als ihr Blick auf ihre verschwitzten Kinder fiel, wurde sie stutzig. Edgar fehlte.

»Wo ist dein Bruder?«, fragte sie mich. »Du solltest doch auf ihn aufpassen!«

»Keine Ahnung, vorher war er noch da!«, maulte ich.

Und ehe ich mich versah, hatte ich links und rechts eine sitzen.

»Die eine fürs Nichtaufpassen, die andere fürs Maulen!«, folgte kurz und bündig die Erklärung meiner Mutter.

Sofort wurden wir losgeschickt, den Verschollenen zu suchen. Wir durchstöberten sämtliche Winkel von der Hauptstraße bis zum Johannesplatz und riefen uns die Stimmen heiser, vergebens. Edgar blieb verschwunden.

»Vielleicht ist er bei Oma auf dem Hohbaum?«, mischte sich Robert ein.

Das erschien zwar unwahrscheinlich, Oma wohnte mindestens eine halbe Stunde entfernt, aber bei Edgar war alles möglich. Sollte er sich vor dem Spinat, den es zum Essen geben sollte, gedrückt haben?

Ein Telefon hatten wir damals noch nicht, Handy war erst recht noch ein Fremdwort. Also musste ich mich auf die Suche machen. In der Mittagshitze kam mir der Weg unendlich vor. Zu allem Übel war Oma nicht zu Hause.

»Die ist am Klotzberg oben Kartoffeln hacken«, rief die Nachbarin, die ihre Küchenabfälle gerade auf den Misthaufen leerte.

Was blieb mir anderes übrig? Auch diesen schweren Gang den Berg hinauf nahm ich, ohne zu klagen, auf mich. Die Mühe war nicht umsonst. Was kaum zu glauben war, da hopste doch froh und munter mein vermisstes Brüderchen am Waldrand umher!

»Ah, kommt noch einer!«, sagte Oma und hackte weiter.

Ich klärte sie auf. Sie fiel aus allen Wolken. Da hatte der Kleine doch behauptet, mit Mamas Wissen Oma besuchen zu dürfen. Schnurstracks packte ich den Burschen und machte mich mit ihm auf den Heimweg.

Als wir ins Sonnengässle einbogen, war Mama schon von Weitem zu sehen. Die Sorge um den Buben hatte sie ziemlich mitgenommen. Edgar schlich das letzte Stück an der Hauswand entlang, wobei er mit den Händen sein Hinterteil zu schützen versuchte. Wahrscheinlich befürchtete er ein paar Hiebe.

»Ich bin nicht abgehauen«, sagte er dabei mehrmals vor sich hin.

Der Anblick war so lustig, dass unsere Mutter Wut und Sorgen vergaß und lauthals lachte. Edgar kam ohne Strafe davon. Die hatte ja ich schon einstecken müssen.

Mama schien meine Gedanken zu erahnen, denn plötzlich nahm sie mich in die Arme, drückte mich fest an sich und flüsterte: »Gell, wir sind beide froh, dass dem Edgar nichts passiert ist!«

Da war auch meine Welt wieder in Ordnung.

Bei Oma auf dem Hohbaum

Wie schön und aufregend war es, wenn eines von uns Geschwistern für ein paar Tage zur Oma auf den Hohbaum durfte. Sie hatte Ziegen, Hühner, Hasen, Katzen und einen Hund. Früher waren auch noch zwei oder drei Kühe im Stall, aber so viel konnte sie jetzt nicht mehr schaffen.

Vor dem Haus floss ein Bächlein, in dem wir Staudämme aus Sand, Steinen und ein paar Grasboschen bauen konnten, was den Bauern nicht so arg gefiel, denn bei einem Unwetter verwandelte sich das Rinnsal manchmal in einen reißenden Bach, der die Wassermassen zu Tale schießen ließ und über die Ufer trat, wenn das Bachbett nicht peinlich sauber gehalten wurde. Das besorgten die anliegenden Bauern deshalb das ganze Jahr über in Eigenarbeit, jeder sein angrenzendes Stück.

Die Oma zu ärgern fiel uns nicht ein, denn zu gern kamen wir zu ihr. Doch ab und zu ließ es sich nicht vermeiden. Vor Omas Haus stand ein Anhänger, beladen mit Kraut und Rüben. Fleißig half ich, die Kohlköpfe und Dickrüben in den Keller zu tragen. Und als ich zum soundsovielten Male zum Wagen gelaufen war, stach mich der Hafer.

Ich könnte doch mal probieren, ob sich die Bremskurbel bewegen lässt, schoss es mir durch den Kopf. Und schon war es getan. Es klappte tatsächlich! Als die gummibereiften Räder die plötzliche Freiheit merkten, fingen sie auch schon an sich zu drehen, erst langsam, und da es bergab ging, bald ein wenig schneller. Jetzt aber wieder zurückkurbeln, hieß es für mich!

Kaum hatte ich diesen notwendigen Entschluss gefasst, kam ich ins Stolpern, fiel hin und der Wagen rollte davon. Schreien war jetzt alles, und meine Oma schoss ahnungsvoll die Kellerstufen hoch. Sie sah gerade noch, wie ihr ganzer Stolz aus Nachbars Gartenzaun Kleinholz machte, ehe er an einem Baum zum Stehen kam.

Das war das erste und einzige Mal, dass mir Oma das Fell gerbte. Ich nahm es geduldig hin. Was hätte da auch alles passieren können!

Einfach super war es bei Oma im Winter, wenn Schnee lag und wir auf dem Hohbaumweg mit dem Schlitten in rasendem Tempo abwärts fuhren. Damals konnte man sich das noch erlauben, im Winter war da kein Fahrzeug unterwegs. Wir hatten einen überlangen Schlitten, eine Spezialanfertigung eines Onkels unserer Mutter, der Wagner war und sich auf solche Sachen verstand. Gut fünf Kinder passten drauf, und so waren wir immer die schnellsten.

»Bahn frei! Kartoffelbrei!«, erschallte unser Warnruf, und alles stob aus der Bahn.

Doch einmal wäre es fast um uns geschehen gewesen, als wir die Kurve nicht erwischten und geradeaus auf einen Weiher zusausten.

»Jesses Maria!«, schrie eine Frau, die gerade vorbeistapfte.

Doch wir hatten Glück im Unglück. Wir bekamen die Geländerstange zu fassen, und der Schlitten sauste allein in den Abgrund und versank im eiskalten Wasser. Von da an bremsten wir etwas stärker, das heißt nachdem der Schlitten repariert und vorsorglich etwas kürzer gemacht worden war.

Und hinein in den Löschweiher!

Bei Oma auf dem Hohbaum war immer etwas los. In der Nachbarschaft gab es viele Kinder in unserem Alter, die dafür sorgten, dass es uns nie langweilig wurde. Manchmal mussten wir auch in der Landwirtschaft mithelfen, doch es blieb oft Zeit für gemeinsame Unternehmungen.

In Omas bäuerlich geprägter Umgebung waren wir Kinder in allen Häusern zu Hause. Nirgends waren die Eingangstüren zugeschlossen und elektrische Klingeln gab es auch keine. Man rief einfach »Hallo« und stolperte ins Haus. Und schon war man drin bei 's Dollsteffes, 's Rappebertels, 's Kinnis, 's Schmolle, 's Dollenaze oder wie sie alle hießen.

Spielplätze gab es überall. Keine extra angelegten, wie es sie heute überall gibt. Es waren Scheunen, Schuppen, Wiesen und Obstgärten, in denen wir uns herumtrieben. Dann waren da noch die ungeteerten Straßen und Wege, die Bäche und Rinnsale, die Brunnen und Teiche, die zum Spielen einluden. Und an Ideen fehlte es uns nie!

So bauten wir im Januar, als es viel geschneit hatte, gemeinsam ein Schneehaus, in dem wir alle Platz hatten. Die Wände waren so dick, dass es drinnen richtig warm und gemütlich wurde. Für Licht sorgten ein paar Kerzenstummel, die wir daheim erbettelt hatten. Und nachts gefroren die angetauten Schichten wieder so fest zusammen, dass das Iglu bis in den März hinein hielt, als das Tauwetter einsetzte.

Aber das tollste Projekt war der Rennwagen, den wir im Sommer darauf bauten. Sämtliche Scheunen und Schuppen wurden nach Materialien durchsucht und bei Dollsteffes Bernd deponiert. Alles, was uns irgendwie brauchbar erschien, trugen wir zusammen: Bretter, Stangen, Räder von alten Kinderwägen, Eisenteile, Schnüre, Nägel, Schrauben, Bänder, Stofffetzen und vieles mehr.

»Ja, was welle denn ihr mit dem viele Glump!«, rief Bernds Oma entsetzt und schlug die Hände über dem Kopf zusammen.

Genau wussten wir das auch nicht, nur so viel, dass aus all dem »Glump«, wie sie es nannte, irgendwie ein Rennwagen werden sollte. Kein richtiger, wie bei den großen Autorennen, aber doch einer, mit dem man den Hohbaum hinabsausen konnte, oben von 's Dollsteffes Haus weg bis hinunter zu 's Schmolles Hof.

Und das Vorhaben gedieh. Es wurde gesägt, gehämmert, gebohrt, geschmirgelt und geölt, bis die Kiste fertig war. Den ersten Rennversuchen stand nichts mehr im Weg. Einer nach dem anderen kam an die Reihe und jeder versuchte sich als Rennfahrer. Bald wurden die Fahrten immer waghalsiger.

»Bahn frei! Kartoffelbrei!«, erschallte es ein ums andere Mal wie bei den Rodelfahrten im Winter und manche Katze rettete sich auf einen Baum.

»Hochmut kommt vor dem Fall!«, rief Bernds Oma, diesmal auf Hochdeutsch.

Das hätte sie nicht tun sollen, denn plötzlich passierte es! Peter war gerade an der Reihe. Ausgerechnet in der einzigen Kurve riss das Steuerseil und das Geschoss sauste geradeaus in den Löschweiher. Ein Schrei, ein Platscher, dann war Ruhe!

Erschrocken rannten wir zum Ort des Geschehens. Reinhard erfasste als Erster die Situation. Rasch griff er nach einer Stange, die am Rand des Teiches lag, und stocherte damit im Gewässer herum. Da tauchte auch schon japsend und prustend der unfreiwillige Hobbytaucher auf. Er packte den Stecken und vereint zogen wir ihn ans rettende Ufer.

Wie ein begossener Pudel trottete Peter nach Hause, und wir hinterdrein.

»Mitgefangen, mitgehangen!«, hatte Bernd gemeint.

Zum Glück war nur Peters Mutter zu Hause. Sie machte nicht gerade Freudensprünge beim Anblick ihres Sprösslings, aber das Donnerwetter hielt sich in Grenzen. Und vom heißen Tee und den leckeren Speckbroten bekamen wir auch etwas ab.

»Mitgefangen, mitgehangen!«, lachte Bernd.

Feldarbeit mit Freddy Quinn

Omas Felder lagen weit verstreut. Als sie altershalber ihre beiden Kühe verkaufte, hatte sie auch kein Fuhrwerk mehr. So mussten wir mit dem Handkarren zu Fuß auf die Äcker wandern, wenn wir Oma in der Landwirtschaft halfen.

Im Ortsteil Riegel, wo Oma aufgewachsen war, hatte sie ein Erdbeerfeld, auf dem auch noch drei Pfirsichbäume standen. Richtig reif wurden die Pfirsiche selten, denn meistens wanderten sie noch fast grün in unsere Mägen, die oft rebellierten bei der schwer verdaulichen Kost. Und die Erdbeeren brachten uns einmal das Gesundheitsamt ins Haus, als Mama davon Erdbeereis machte und die ganze Familie mit Vergiftungserscheinungen im Bett lag. Es stellte sich dann heraus, dass ein freundlicher Nachbar seine Reben nebenan tags zuvor mit Pflanzengift behandelt hatte und einige Spritzer auf dem Erdbeerfeld gelandet sein mussten.

Einmal waren Edgar und ich mit Oma auf diesem Feld und pflückten Erdbeeren, die zum Verkauf gedacht waren. Da musste man höllisch aufpassen, dass die Größe der Früchte stimmte, damit sie nachher auch als A-Ware deklariert werden konnten.

Wir waren ganz in unsere Arbeit vertieft, als plötzlich aus Richtung Schützenhaus oben am Jägerweg laute Musik ertönte. Vielleicht testete man dort eine neue Beschallungsanlage für das nächste Schützenfest.

Jedenfalls sang Freddy Quinn in voller Lautstärke den Schlager »Heimatlos sind viele auf der Welt, heimatlos und einsam wie ich ...«.

»Der kann aber schön singen«, sagte Oma und hielt kurz inne. Und als das Lied zu Ende war, meinte sie noch einmal: »War das aber schön!«

Man hätte meinen können, die da oben im Schützenhaus hätten das gehört, denn Freddy legte mit dem gleichen Lied wieder los. Dann ein drittes und ein viertes Mal, als ob sie nur eine einzige Platte zum Testen auf Lager hätten. Das ging mit der Zeit selbst Oma zu weit.

»Ja, hat denn der immer noch keine Heimat gefunden?«, maulte sie.

Edgar und ich lachten und sangen lauthals mit, den Text kannten wir inzwischen auswendig. Und Oma? Sie stimmte schließlich auch mit ein!

Der wandelnde Leichnam

Vor allem in ländlichen Gegenden war es in meiner Kindheit noch üblich, dass die Verstorbenen bis zur Bestattung zu Hause aufgebahrt wurden. Am Tag der Beerdigung wurde dann der Sarg im Leichenwagen, der von zwei Pferden gezogen wurde, vom Trauerhaus weg zum Friedhof gefahren und die ganze Trauergemeinde folgte hinterher.

Bis dahin wurde jeden Abend am Totenbett der schmerzhafte Rosenkranz gebetet, wobei sich die Angehörigen und die Leute aus der Nachbarschaft im Zimmer des oder der Verstorbenen versammelten.

Ab und zu traf es sich, dass ich bei Oma zu Besuch war, wenn jemand aus der Nachbarschaft gestorben war. Dann durfte ich mitgehen, wenn abends Rosenkranz gebetet wurde. Angst vor dem Leichnam hatte ich nicht, Oma war ja bei mir.

Einmal aber bekam ich doch das Gruseln und ich glaube, die anderen Anwesenden ebenso. Die Urgroßmutter lag im Sterben und ich begleitete Oma in ihr Elternhaus, wo wir leise ins Zimmer schlichen. Kreidebleich und mit geschlossenen Augen und eingefallenen Wangen lag die alte Frau in ihrem Bett. Sie hatte die Hände gefaltet, auf dem Nachttisch stand ein Kruzifix und daneben brannten zwei Kerzen.

»Ist sie tot?«, flüsterte ich Oma zu.

»Ich weiß nicht«, hauchte Oma zurück.

Eine von Omas Schwestern erklärte uns, dass der Pfarrer schon da gewesen sei und die letzte Ölung vorgenommen habe und dass der Doktor jeden Moment kommen müsse.

Zur Urgroßmutter hatten wir Kinder keinen so engen Kontakt. Ich weiß noch, dass sie bei meiner Kommunion dabei war und dass ich mit Oma ein paarmal bei ihr zu Besuch war. Oma erzählte ab und zu von ihr, sie war ja schließlich ihre Tochter und das älteste von dreizehn Kindern. Die Urgroßmutter war nie ernsthaft krank gewesen, erst im hohen Alter war sie beim sonntäglichen Kirchgang von einem Auto angefahren worden und im Krankenhaus gelandet. Seither war sie nie mehr richtig auf die Beine gekommen.

Jetzt schien sie gestorben zu sein. Jedenfalls lag sie regungslos da und atmete nicht mehr.

»Ich glaube, sie ist tot«, meinte eine von Omas Schwestern, »sie muss sanft eingeschlafen sein.«

Alle bekreuzigten sich, falteten die Hände und sprachen ein Gebet.

Dann wurde in der Küche das Vesper gerichtet, denn zum Essen war vorher keine Zeit gewesen und die noch Lebenden durften doch nicht verhungern. So saßen alle still vor sich hin kauend zusammen, als plötzlich die Tür aufging und eine bleiche Gestalt in weißem Gewand in die Küche kam. Ein Schrei entfuhr den Anwesenden. Ich drückte mich fest an Oma. War es eine Halluzination? Da stand die eben noch tote Urgroßmutter, schritt zum Tisch, setzte sich auf einen freien Stuhl und verlangte etwas zu essen.

Keiner brachte einen Laut heraus. Die Urgroßmutter saß da, lächelte vor sich hin, aß ein paar Bissen, stand auf und schlurfte in ihre Kammer zurück.

»Jetzt geh ich wieder«, hauchte sie und verschwand.

Das alles ging über meinen Verstand. Oma hatte auch keine Erklärung. Und die Urgroßmutter war dann doch noch richtig tot, wie der Arzt versicherte, den man geholt hatte. Uns allen aber, die dabei waren, saß der Schrecken noch lange in den Gliedern.

Hurra, ein neues Zuhause! – Heitere Jugenderlebnisse

Die Zeit im Sonnengässle neigte sich dem Ende zu. Nach acht Jahren Enge und Einschränkungen für unsere Eltern hatten wir in der Benderstraße eine neue Wohnung gefunden. Den Tag des Umzugs konnten wir kaum erwarten, zumal das Vorderhaus an der Hauptstraße umgebaut wurde und unser Plumpsklo deshalb nicht mehr benutzt werden konnte. Auch die Wasserleitung war unterbrochen, das notwendige Nass musste aus der Nachbarschaft herangeschleift werden. Dazu hatte sich auch noch der Glanzruß im Kamin eines Tages entzündet. So lebten wir in ständiger Angst, das Haus könnte vielleicht noch abbrennen. Jedesmal wenn wir beim sonntäglichen Spaziergang vom Waldweg hinunter auf die Stadt blickten, hielten wir Ausschau, ob nicht irgendwo eine Rauchwolke zu sehen war.

Aber Gott sei Dank, das Haus hielt, und die Aussicht auf das neue Heim half, alle Ängste und Unannehmlichkeiten der letzten Wochen zu verdrängen.

Endlich war es so weit. Was mag es für unsere Eltern bedeutet haben, jetzt ein Schlafzimmer für sich allein zu haben! Und für uns Kinder gab es eigene Zimmer, dazu ein

WC in der Wohnung und ein Bad mit Badeofen. Ade Zinkbadewanne samstags in der Küche! Damit nicht genug, auch eine überdachte Veranda und für Mama einen großen Blumen- und Gemüsegarten vor und hinter dem Haus! Wir konnten unser Glück kaum fassen.

Die großen Möbelstücke, es waren nicht viele, transportierte ein Schreiner mit seinem Anhänger, die kleineren Teile luden wir auf einen Handkarren und fuhren sie freudestrahlend ins neue Heim, zuerst die Betten, um ja gleich in den neuen vier Wänden übernachten zu können.

Für einen Ring Fleischwurst

Gartenarbeit war bei uns Kindern nicht so beliebt. Das hatte nichts mit Faulheit zu tun. Arbeit gab es genug: Geschirr spülen, Zeitschriften austragen, Zeitungsgeld kassieren, auf Omas Äckern Zwetschgen pflücken und Heu ernten, um nur einige Tätigkeiten zu nennen, bei denen unsere Hilfe gefragt war. Dazu kam noch der Dienst als Messdiener und Schularbeiten waren schließlich auch noch zu erledigen. Und das waren am Gymnasium nicht gerade wenige.

So ist es zu verstehen, dass wir uns um die Gartenarbeit, die mit der neuen Wohnung dazugekommen war, nicht gerade rissen. Aber unsere Mutter kannte da kein Pardon.

»Essen wollt ihr ja auch!«, war ihr nicht zu widerlegendes Argument.

Eines Tages war ich mal wieder an der Reihe, diese ungeliebte Arbeit zu erledigen. Ich hatte mittags bis eins Schule gehabt und zudem war die Hitze an diesem Tag nicht besonders arbeitsfreundlich. So machte ich mich nach dem für mich aufgewärmten Essen recht missmutig an dieses Geschäft. Ich sollte mit einer Hacke dem Unkraut zu Leibe rücken.

Normalerweise konnte ich Kraut und Unkraut wohl unterscheiden, aber heute war mir alles egal. Ich hackte wild drauflos. Es fiel alles, was mir in den Weg kam.

Ob die Mutter vom Fenster aus zugesehen hatte, weiß ich nicht. Aber plötzlich stand sie hinter mir.

»Du elender Siech, dich kann mer nix heiße!«, bellte sie.

Schwups entriss sie mir die Hacke und versuchte das restliche Beet zu retten. Ich war fristlos entlassen.

Nicht immer stellte ich mich so ungeschickt an. Manchmal waren Oma und Mama mit meinem Werk auch recht zufrieden. Und wenn die geernteten Zwetschgen mal wieder einen ordentlichen Zuverdienst verhießen, kaufte uns Oma auf dem Nachhauseweg einen Ring Fleischwurst, der im Wasser heiß gemacht oder mit Tomaten als Wurstsalat zubereitet köstlich schmeckte. Da waren dann alle Mühen und Schweißtropfen vergessen.

Ein kopfloser Osterhase

Wer heute kurz nach Weihnachten in die Supermärkte kommt, dem lachen bald die prächtigsten Osterhasen aus den Regalen entgegen. Das war in der Nachkriegszeit noch ganz anders. Schokoladenhasen gab es damals eh selten, Zuckerhasen waren noch in Mode. Und die gab es bei der »Hasenfrau« im Stadtteil Rittersbach. Da pilgerte kurz vor Ostern die ganze Familie hin. Dort erwartete uns ein ganzes

Zimmer voller Hasen aus gelbem, braunem und vor allem rotem Zucker und in allerlei Größen und Formen.

Unsere Mutter erstand für ein paar Mark für jedes Kind ein Exemplar, das sie bis Ostern versteckte. Für zehn Pfennige bekamen wir von der Hasenfrau eine Papiertüte mit Bruch, das waren Stücke von missratenen oder zerbrochenen Zuckerhasen. Was für ein Festtag für uns Kinder, einmal so richtig schlecken nach Herzenslust!

Und an Ostern zierte dann ein aufrecht stehender Zuckerhase mit einem Korb auf dem Rücken das Osternest inmitten der gekochten Eier, die mit Hilfe von Zwiebelschalen und Gummibändern weiß-braune Muster hatten.

Einmal aber musste ich mich mit einem kopflosen Osterhasen begnügen. Und das kam so: Aus unserer Nachbarschaft war ein älteres Ehepaar in einen anderen Stadtteil gezogen. Da die Leute immer freundlich waren und uns Kinder auch hie und da mit einer Leckerei überraschten, wurde ich an Ostern nach dem Festgottesdienst losgeschickt, den ehemaligen Nachbarn frohe Ostergrüße und ein paar gefärbte Eier zu überbringen.

Freudig wurden Wünsche und Gaben angenommen und zum ersten Mal bekam ich einen Likör eingeschenkt. Vorsichtig nippte ich an dem fremdartigen Getränk, und obwohl es mich innerlich schüttelte, trank ich es tapfer aus. Beschwingt trat ich darauf den Heimweg an. In meinem Kopf schwirrte es eigenartig und mein Gang war nicht so sicher wie sonst. Gegessen hatte ich auch noch nichts, denn damals musste man die Hostie an der Kommunionbank kniend noch »nüchtern« vom Pfarrer in den Mund gelegt bekommen.

So war ich froh, als ich das elterliche Heim endlich erreichte. Meine Mutter sah mich gleich seltsam an, als ich mich an ihr vorbei ins Wohnzimmer tastete. Doch als ich auch noch ins Schwanken kam und nach Halt suchend einem Osterhasen auf dem Tisch den Kopf abriss, wusste sie Bescheid.

Ein kräftiges Mittagessen brachte zwar alles wieder ins Gleichgewicht, aber die Osterwünsche durfte ich in Zukunft nicht mehr überbringen.

Der Trick mit dem Geldbeutel

Ein von vielen Kindern gern gespielter Streich ging auch an uns nicht spurlos vorüber. Der Trick mit dem Geldbeutel an der Schnur war zwar bereits bekannt, aber er funktionierte seltsamerweise immer wieder. Oder ist der Trieb, sich nach einem Geldbeutel zu bücken, dem Menschen angeboren?

Die Benderstraße, in der wir jetzt wohnten, war damals im hinteren Teil Richtung Altschweier nur auf einer Seite bebaut. Links stand nur ein Haus, sonst waren da Zwetschgenäcker, und unserem Haus gegenüber lag eine Wiese. Dort legten sich eines Tages meine Geschwister Robert und Marianne ins hohe Gras, um auszuprobieren, ob dieser üble Trick noch funktionierte.

Zuvor hatten sie einen alten Geldbeutel für ihr Vorhaben präpariert. Damit er richtig verlockend aussah, war er mit zugeschnittenen Scheinen aus Zeitungspapier prall gefüllt. Und ein dünner Faden in asphaltgrauer Farbe, damit er nicht auffiel, führte fast unsichtbar die Böschung hinauf bis zu den zwei Kindern im hohen Gras. Da lag er also verlockend auf der Straße und wartete auf einen ehrlichen Finder!

Der ließ nicht lange auf sich warten. Von Altschweier her näherte sich auf einem Fahrrad eine Frau, die in Richtung Stadt fuhr. Sie hatte solch ein Tempo drauf, dass es eine Weile dauerte, bis ihr Rad zum Stehen kam. Dann lief sie zurück und blickte suchend um sich.

»Ich bin doch nicht blöd!«, rief sie aus. »Da lag doch was auf der Straße!«

Doch alles Suchen half nichts. Kopfschüttelnd stieg sie wieder auf ihren Drahtesel und setzte grübelnd ihre Fahrt fort. Sollte sie mal zum Optiker gehen?

Vom Gekicher auf der Wiese bekam sie nichts mit. Sonst hätte sie sich nicht weiter zu sorgen brauchen. Der Trick war geglückt.

»Los, das machen wir nochmal!«, schlug Marianne vor und Robert war gleich dabei.

Der Geldbeutel landete wieder auf der Straße, die Schnur wurde straff angezogen, und schon konnte das nächste Opfer kommen.

Ein Traktor tuckerte vorbei und hielt tatsächlich nach einigen Metern an. Wieder die gleiche Prozedur wie vorher. Als das alte Bäuerlein mühsam abgestiegen war, lag nichts mehr auf der Straße. Laut fluchend kraxelte der Mann auf den Schlepper hinauf und fuhr weiter.

»Du wirst alt, Eugen!«, murmelte er vor sich hin.

So ging die unterhaltsame Nachmittagsbeschäftigung für die beiden Geschwister weiter, bis die Geschichte jäh endete.

Wir wohnten in einem Sechsfamilienhaus. Zufällig bemerkte eine alte Bewohnerin aus dem zweiten Stock, mit der nicht gut Kirschen essen war, wie so oft hinter dem Vorhang ihres Küchenfensters lauernd, das verruchte Treiben meiner Geschwister. Sofort riss sie das Fenster auf.

»Euch soll doch gleich der Teufel holen!«, schrie sie.

»Das ist aber kein frommer Wunsch«, rief Marianne ihr unerschrocken zu.

»Sei still, du Rotznas, du elende!«, keifte die Frau so laut, dass unsere Mutter in der Küche aufmerksam wurde.

Als sie aus dem Fenster sah, hatte sie die Situation schnell überblickt und pfiff die beiden Übeltäter ins Haus. Dort schimpfte sie laut mit ihnen, damit die alte Frau, die natürlich oben im Treppenhaus lauschte, zufrieden war.

»Ab ins Zimmer! Und da bleibt ihr für heute drin!«, schloss sie ihre Predigt.

Insgeheim musste sie aber doch ein wenig grinsen über den Streich, den ihre beiden Sprösslinge den Dorfbewohnern da gespielt hatten.

Im Hänferdorf

Wenn wir in die Schule oder einkaufen gingen, kamen wir immer durch das Hänferdorf. Dieser Stadtteil war der älteste in Bühl und so sah er damals auch aus.

Ganz früher floss noch der Mühlbach durch und es standen dort fünf Getreidemühlen und elf Hanfstampfen, wo die Hänfer den Hanf verarbeiteten, der im Bühler Umland wuchs. Diesem Umstand verdankt der Stadtteil auch seinen Namen.

Heute ist das sanierte Hänferdorf mit seinen alten Fachwerkhäusern ein Schmuckstück der Stadt. In meiner Kindheit sah es da ziemlich grau und trist aus, aber in der armen Nachkriegszeit war das ja auch nicht verwunderlich.

Manchmal begegneten wir Kinder in diesem Viertel einem Mann, vor dem wir uns fürchteten. Er hatte uns weder etwas angetan noch mit uns geschimpft. Aber irgendwie kam er uns unheimlich vor, wenn er so durch die Hänferstraße schlich. Sein unsteter Blick und sein gelegentliches Grinsen wurden immer wieder begleitet vom Schütteln des Kopfes, wobei die langen, schwarzen, ungepflegten Haare hin und her flogen. Dabei summte er auch noch des Öfteren vor sich hin.

Wie er wirklich hieß, weiß ich bis heute nicht, uns Kindern war er nur unter dem Namen »Schüttler« bekannt, was ja auch zutreffend war.

Damals wurde man als Kind noch dazu erzogen, Erwachsene auf der Straße freundlich zu grüßen. Beim Schüttler trauten wir uns nicht, sondern machten, dass wir weiterkamen.

Einmal wurde ich mit meinem damals jüngsten Bruder Robert ins Hänferdorf geschickt, weil es dort einen Lebensmittelladen gab. Kurz nach dem UHU-Werk kam uns der Schüttler entgegen. Ich nahm meinen Bruder sofort an die Hand und ging etwas rascher, um ja schnell an dem Mann vorbeizukommen.

Als wir etwa auf gleicher Höhe waren, erinnerte sich Robert plötzlich seiner guten Kinderstube und rief laut: »Guten Tag, Herr Schüttler!«

Mich traf fast der Schlag.

»Bist du wahnsinnig?«, zischte ich.

Nichts wie weg! Ich schnappte den Kleinen und wir rannten, als ob der Teufel hinter uns her wäre, bis die sichere Ladentür hinter uns zuschnappte.

Heute bin ich mir sicher, dass der Schüttler uns lächelnd zugenickt, kurz den Kopf geschüttelt und seinen Weg summend fortgesetzt hat.

Aber heute bin ich ja auch kein kleiner, dummer Junge mehr!

Mit Feuereifer dabei

In den ersten Jahren nach dem Krieg hatten wir kein Geld für Bücher. Den Eltern fiel es schon schwer genug, die nötigen Mittel für die Schulbücher aufzubringen. Erst als ich ins Gymnasium kam, kauften sie mir ein einbändiges Lexikon und ein Wissensbuch mit dem Titel »Ich sage dir alles«, in dem die größten Städte, die höchsten Berge, die längsten Flüsse und vieles mehr nachzulesen war.

In der höheren Schule gab es im Dachgeschoss auch eine Schülerbibliothek, die ich fleißig nutzte. Neben interessanten Nachschlagewerken waren auch viele spannende Abenteuerbücher in den Regalen zu finden. Natürlich waren für einen Jungen in meinem Alter die Karl-May-Bände mit den Wildwestgeschichten von Winnetou und Old Shatterhand sowie den Orienterlebnissen von Kara Ben Nemsi und seinem »Beschützer« Hadschi Halef Omar Pflichtlektüre. Und ein richtiger Karl-May-Fan kannte auch bald den kompletten Namen dieses treuen Freundes: Hadschi Halef Omar Ben Hadschi Abul Abbas Ibn Hadschi Dawuhd al Gossarah.

Auch die Jugendbücher von Herbert Kranz waren in dieser Zeit heiß begehrt. Besonders die zehn Bände mit den Abenteuern von »Ubique Terrarum« (Überall in der Welt) waren so spannend, dass ich mich wie viele andere Buben auch mit den drei Hauptfiguren des sechsköpfigen Teams, »Chef«, »GG« und »Graf«, identifizierte. Sie verdrängten die bisherigen Favoriten Helmut Rahn, Fritz Walter und Toni Turek, denen wir nach der gewonnenen Fußball-WM nacheiferten. Den neunten Band der Herbert-Kranz-Reihe mit dem Titel »Das Haus der sieben Türme« bekam ich zum Geburtstag geschenkt.

Natürlich reichte mir die freie Zeit am Tag nicht aus, all diese Bücher zu »verschlingen«. Und so wurde abends im Bett weitergelesen, bis Mama kam.

»Feierabend!«, sagte sie nur kurz und löschte das Licht.

Doch manchmal wagte ich den Aufstand und machte nach ein paar Minuten die Lampe wieder an. Die Mutter schien das immer vorauszusehen, denn unmittelbar darauf erschien sie zum zweiten Mal.

»Feierabend, habe ich gesagt!«, rief sie jetzt sehr bestimmt und schloss die Tür etwas lauter.

Was tun? Die Geschichte war doch gerade so spannend! Zum Glück gab es ja noch die Taschenlampe im Nachttisch. Im Schein der altersschwachen Batterie las ich dann unter der Bettdecke weiter. Bequem war das nicht, aber ich konnte Mama damit austricksen.

Bei meinem Bruder Wilfried hätte der Leseeifer beinahe zu einer Katastrophe geführt. Um sein nächtliches Lesen zu verschleiern, hatte er seinen Pullover über die Nachttischlampe gehängt. Als er in seine Lektüre versunken war, verspürte er plötzlich einen eigenartigen Geruch in der Nase.

»Was stinkt denn da?«, schnaufte er und sah sich um.

Dann sauste er wie elektrisiert hoch. Er konnte gerade noch seinen Pulli von der Lampe reißen, bevor dieser in Flammen aufging. Dem Kleidungsstück war es anscheinend zu heiß geworden. Mein Bruder besah sich die Bescherung genauer. Einen Brand hatte er zum Glück noch verhindern können. Aber das Loch im Pullover mit den angesengten Rändern war nicht zu übersehen. Ihn musste er erst einmal ein paar Tage verschwinden lassen.

Ein neues Familienmitglied

Eines Tages brachte Robert ein kleines, tigerfarbenes Wollknäuel mit nach Hause, das er behutsam aus der Tasche hob, in der er zuvor Zeitschriften ausgetragen hatte. Vorsichtig setzte er es vor den neugierigen Augen der versammelten Familie aufs Sofa.

»Ein Kätzchen, ein Kätzchen!«, jubelten wir Kinder im Chor, und jeder stürzte hinzu, es zu streicheln.

»Wie süß! Wie putzig!« Wir klatschten in die Hände und sahen unsere Eltern mit strahlenden Augen an.

»Gell, wir dürfen es behalten?«, bettelten acht Kinderaugen.

Was blieb den Eltern anderes übrig als zuzustimmen, hatten sie das kleine Ding doch ebenfalls bereits ins Herz geschlossen. Papa lächelte, Mama nickte, und so war Mungo, auf diesen klangvollen Namen einigten wir uns, in unsere Familie aufgenommen.

Unsere Mutter richtete ein Körbchen mit einem alten Pullover als Polster her. Dort betteten wir das Kätzchen hinein und Robert wurde die Pflege übertragen. Natürlich halfen alle dabei, und manchmal musste Mama eingreifen, sonst hätten wir Mungo aus lauter Liebe zu Tode gepflegt. So aber spielten wir meist lustig und vergnügt, und das kleine Kätzchen war immer dabei.

In den Wintermonaten hatten wir unsere Spielzeugeisenbahn aufgebaut. Jeden Pfennig, den wir beim Zeitungaustragen als Trinkgeld bekamen, sparten wir. Und sobald das Geld für eine neue Schiene reichte, rannten wir in das Eisenwarengeschäft in der Schwanenstraße, das eine Spielzeugabteilung hatte. So wuchs die Modelleisenbahn zusehends. Vom Schreiner hatten wir eine alte Schrankrückwand aus Tannenholz geschenkt bekommen. Darauf bauten wir den Zug auf, natürlich mit Brücken und Tunnels, wie es sich gehörte.

Mungo setzte sich auf die Lehne der Bettcouch, die neben der Eisenbahn stand. Von dort aus konnte sie alles überblicken. Eine kleine, schwarze Dampflok hatte es ihr besonders angetan. Aufmerksam verfolgte sie ihre Fahrt. Wenn die Lok im Tunnel verschwand, legte sich Mungo auf die Lauer, wackelte mit dem Schwanz und wischte ihr eine mit der Pfote, wenn sie am anderen Ausgang wieder auftauchte, dass sie aus den Schienen kippte. Doch sobald sich das schwarze Ding nicht mehr bewegte, wurde es für die Katze uninteressant. Auf der Sofalehne erwartete sie dann die nächste Fahrt. Sicherlich sah Mungo in der kleinen Lok ein mausähnliches Spielzeug. Dass es nur mit Strom lief, ging über ihren Katzenverstand, aber Spaß hatten wir alle bei diesem ergötzlichen Spiel.

Eine Maus als Belohnung

Eines Tages bekam unsere Katze Mungo Nachwuchs. Das geht ja bei Katzen ziemlich schnell. Doch ehe wir die kleinen Kätzchen richtig zu Gesicht bekamen, hatte ein ruchloser Kater aus der Nachbarschaft in einem unbewachten Augenblick ihr Versteck entdeckt und den nackten, noch blinden Neuankömmlingen den Garaus gemacht. Das soll bei Katzen vorkommen, hatte man uns erklärt.

Mungo lief tagelang todunglücklich und jämmerlich miauend umher, suchte und suchte, und konnte die Schreckenstat nicht begreifen. Aber sie lernte aus diesem Unglück. Als sie wieder Junge hatte, war sie die Vorsicht in Person. Den ganzen Tag über bewachte sie ihre hilflosen Wesen, und wenn sie nachts einmal einen kleinen Ausflug unternahm, packte sie die Kleinen im Genick und schleppte sie Stück für Stück an Mamas Bett.

Erst wenn sie sich vergewissert hatte, dass Mama wach war und aufpasste, schlüpfte sie durch den offenen Fensterspalt ins Freie. Kaum war sie wieder zurück, miaute sie kurz und trug ihre Jungen wieder in den Katzenkorb zurück.

Einmal legte sie als Belohnung für Mamas Babysitterdienste eine lebendige Maus, die sie sich am Munde abgespart hatte, auf den Bettvorleger. Von diesem großzügigen Geschenk war unsere Mutter nicht so entzückt und sie sauste aus dem Bett, um das kleine Nagetier zu fangen, ehe es unter einem Möbelstück verschwand. Doch ihre Reaktion kam zu spät. Flugs war die Maus unter dem Schrank verschwunden.

So wurde am anderen Tag die ganze Familie angestellt, das entfleuchte Mäuslein zu erwischen. Doch alle Mühe war vergebens. Schließlich öffnete Mama die Tür zur Veranda, in der Hoffnung, das unerwünschte Geschenk so loszuwerden. Irgendwie muss es funktioniert haben, denn die Maus wurde nie mehr gesichtet.

Gallensteine und heiße Tränen

Eines Tages musste unsere Mutter ins Krankenhaus. Seit einiger Zeit hatte sie kolikartige Bauchschmerzen.

»Sie sind ja steinreich!«, lachte die Röntgenschwester, als sie die vielen Gallensteine auf dem Röntgenbild entdeckte.

Mama war nicht zum Lachen zumute. Sie musste operiert werden.

Unsere Katze Mungo spürte, dass etwas Unvorhergesehenes im Gange war. Sie wich Mama nicht mehr von den Füßen. Als Papa unsere Mutter ins Krankenhaus brachte, zu Fuß, denn ein Auto hatten wir nicht, trottete das brave Tier nebenher.

Von da an machte sie sich jeden Tag einmal auf den Weg zum Hospital, setzte sich wartend davor und trat dann unverrichteter Dinge den Heimweg an. Sie fraß in der Zeit kaum etwas. Und wäre Mama nach geraumer Zeit nicht wieder gesund entlassen worden, die Katze hätte sich zu Tode gehungert.

Aber welche Freude, als unsere Mutter wiederkam. Mungo war rasend vor Glück und sprang wie besessen von einem zum anderen, als wollte sie zählen, ob wir nun wieder vollzählig wären. Aber wir waren ja alle glücklich, dass wir Mama wiederhatten.

Einige Wochen später legte sich ein dunkler Schleier auf unser Glück. Mungo war verschwunden. Ahnungsvoll machten wir uns auf die Suche. Robert fand sie schließlich an der Verandatür, wohin sie sich noch im Todeskampf geschleppt hatte. Irgendein übler Mensch hatte sie vergiftet.

Wer kann sich unsere Traurigkeit vorstellen? Unsere Mungo war tot. Robert hatte es am stärksten getroffen.

»Kind, du glühst ja!«, rief Mama erschrocken.

Roberts heiße Tränen hatten sich in hohes Fieber verwandelt. Jetzt galt alle Sorge unserem kleinen Bruder. Ihn zu trösten war nun oberstes Gebot.

Später hatten wir noch manche Katze, die Freude machte. Aber Mungo war doch einmalig gewesen!

Das halbe Dutzend voll!

Wenn bei einem jungverheirateten Paar der erste Sprössling auf die Welt kommt, ist die ganze Verwandtschaft, wie könnte es anders sein, furchtbar aufgeregt. Wenn aber in einer Familie mit fünf Kindern zwanzig Jahre nach der Erstgeburt wieder so ein Neuankömmling das Licht der Welt erblickt, ist die Aufregung manchmal genauso groß. Die Eltern nehmen es zwar mehr oder weniger gelassen hin, sie haben ja inzwischen genug Erfahrung mit Kindern, und die liebe Verwandtschaft denkt, reicht's denn noch nicht, aber die Kinder von zwölf bis zwanzig sind umso aufgeregter, erleben sie doch die Ankunft des Geschwisterchens, dieses kleinen, hilflosen Geschöpfs, zum ersten Mal so richtig mit.

So war es jedenfalls bei uns. Viel leiser als sonst schlichen wir durch die Wohnung, wenn der kleine Martin gerade sein Nickerchen machte, und wir waren eifrig darauf bedacht, dass dem neuen Erdenbürger nichts passierte.

Von uns wohlbehütet wuchs Martin bald heran und stapfte auch schon munter in der Landschaft umher. Geschirrspülmaschinen waren damals noch unbekannt, und so durften wir Geschwister uns abwechselnd dieser Aufgabe in Handarbeit annehmen.

Einmal waren Marianne und Edgar an der Reihe. Wie es manchmal so geht, schienen sie mit ihrer Arbeit nicht ganz ausgelastet zu sein. Jedenfalls gab es bald hier ein Zupfen, da ein Schubsen, und auf einmal artete das Ganze in Streit aus.

Martin rannte herbei, um seiner geliebten Schwester zu helfen. Er schnappte den Besen, der gerade in der Küche stand, und warf sich damit bewaffnet ins Getümmel. Da, ein Schlag, und die Küchenlampe klirrte und landete in tausend Scherben auf dem Steinboden.

Jetzt waren sich die Geschwister wieder einig. Rasch wurden die Splitter zusammengefegt, und dann wurden die Sparbüchsen geleert, um das Geld für eine neue Lampe zusammenzulegen. Der Kleine konnte doch nichts dafür, oder?

Martins Schutzengel

Die Babyausstattung war in der Zeit, als ich aufwuchs, noch nicht so üppig, wie man sie heute kennt. So waren Wickelauflagen oder gar spezielle Wickeltische bei uns gänzlich unbekannt. Der Säugling bekam eine neue Windel, wo es gerade sein musste, auf dem Sofa, auf dem Fußboden oder auf dem Wohnzimmertisch. Und das waren beileibe keine Fertigwindeln aus dem Supermarkt, sondern Stoffwindeln, die anschließend wieder von Hand gewaschen werden mussten.

Bei unserem kleinsten Bruder war es mal wieder so weit. Der Duft, der sich aus seinem Windelpaket im Zimmer verbreitete, war nicht länger zu ertragen. Also schnappte ihn Mama kurzerhand, legte eine Decke auf den Wohnzimmertisch und versah den munter strampelnden Knaben mit einem neuen, frisch duftenden Paket. Bald war die Luft wieder rein.

Doch dann geschah etwas, was uns heute noch den Schrecken in die Glieder fahren lässt. Es waren nur wenige Minuten vergangen, als es einen Schlag tat und der fünfarmige Leuchter auf den Wohnzimmertisch niedersauste. An der Aufprallstelle hatte kurz zuvor noch der Kleine gelegen. Nicht auszudenken, was da hätte passieren können!

Als sich alle wieder beruhigt hatten und die ramponierte Lampe wieder ordnungsgemäß an die Decke gehängt werden sollte, sah man die Ursache. Die Lampe war für den schwachen Haken zu schwer gewesen. Jetzt wurde sie doppelt und dreifach gesichert.

Wir wollten Martins Schutzengel schließlich nicht über Gebühr strapazieren!

Eine Nudelsuppe gefällig?

Ferien bei Oma und Opa in Schramberg waren immer etwas Besonderes. Als Kind einer großen Familie bedeutete das, mal alleine wo zu sein, im Mittelpunkt zu stehen, in den paar Tagen mal verwöhnt zu werden. Wir Kinder waren immer glücklich, wenn wir mit dem Zug über Offenburg, Hausach und Schiltach anreisen durften, egal wer gerade der Glückliche war. Am Bahnhof in Schramberg wurden wir dann abgeholt. Damals fuhr noch eine Dampflok in die Schwarzwaldstadt.

Opa arbeitete die Woche über in einer großen Uhrenfabrik. Am Sonntag aber stand immer eine Wanderung auf dem Programm. Möglichkeiten dafür gab es rund um die Fünftälerstadt genug. Manchmal führte der Weg durch das Eselbachtal hinauf nach Aichhalden oder über Tennenbronn auf den Fohrenbühl oder in östlicher Richtung auf den Sulgen.

Unsere Großeltern verstanden es immer, diese Ausflüge für uns interessant zu gestalten. Oma sammelte Hagebutten und Beeren für Marmelade oder Tannenzapfen zum Heizen, und wir halfen ihr fleißig dabei.

Als ich mal wieder an der Reihe war und mitwandern durfte, ging Opa schon eine geraume Zeit einige Schritte voraus und tat so, als ob er sich für Omas Sammelaktionen nicht interessierte. Ich war eifrig damit beschäftigt, Tannen-, Fichten- und Kiefernzapfen ausfindig zu machen.

»Moggele, was für schöne Moggele!«, rief Oma immer wieder entzückt, wenn wir ein paar Zapfen entdeckten.

Doch welch ein Erstaunen, als wir Opa folgten und an den Bäumen statt der Zapfen plötzlich da und dort Zwetschgen fanden. Das ging über meinen Verstand! Zwetschgen, richtige Zwetschgen, mitten im Wald und dazu noch an Nadelbäumen!

»Schau mal, Oma, richtige Zwetschgen!«, rief ich ganz außer mir.

Schon sauste ich los und machte mich über den unvorhergesehenen Fund her. Eine blaue Frucht nach der anderen verschwand in meinem Mund. Wenn ich das zu Hause erzählte, was es im Schramberger Wald gab, die würden sich wundern!

Was mich später davon abhielt, von diesem Naturphänomen zu berichten, war Opas spitzbübisches Grinsen. Sollte er etwa hinter diesem Waldwunder stecken? Opa war alles zuzutrauen.

Die Krönung jeder Wanderung war immer die Einkehr in einer Wirtschaft. Manchmal bestellten wir nur etwas zu trinken und vesperten aus dem Rucksack. Das war damals noch möglich. Einmal spazierten sogar die Hühner in der Gaststube herum und pickten die Brosamen auf.

Eines Tages spendierte uns Oma in einem vornehmeren Lokal eine Nudelsuppe. Die wurde großzügig in einer Schüssel serviert, aus der man sich seinen Teller mehrmals füllen konnte. Doch Oma war nicht leicht zufriedenzustellen.

»Das ist ja ein Nudeleintopf und keine Suppe, viel zu viel Nudeln!«, reklamierte sie.

Der Kellner nahm die Schüssel wieder mit, lief in die Küche und servierte dann ein neues Gefäß.

»Soll das eine Nudelsuppe sein? Da sind ja fast keine Nudeln mehr drin!«, hatte Oma jetzt auszusetzen.

Wieder trottete der Kellner mit seiner Schüssel davon. Der dritte Versuch glückte. Jetzt war Oma zufrieden und füllte unsere Teller. Mir war der Appetit inzwischen vergangen. Ich schämte mich etwas wegen Omas Nörgeleien.

»Iss, Bub!«, sagte sie. »So eine gute Suppe kriegst du nicht alle Tage.«

Ich langte zu. Und geschmeckt hat sie dann doch noch.

Oma zahlt's

Wieder einmal waren Ferien bei Oma und Opa in Schramberg angesagt. Dieses Mal war meine kleine Schwester zu Besuch. Und wo Marianne war, scharten sich bald ein paar Freundinnen um sie, mit denen sie sich die Zeit beim Spielen auf der Straße vertrieb. Es war eine Sackgasse, auf der damals noch nicht viel Verkehr herrschte.

Als Oma einmal in die Stadt ging, um einzukaufen, wollte die Kleine lieber bei ihren Freundinnen bleiben. Mit dem Roller die Landenberger Straße hinabzusausen, das war für sie interessanter als mit Oma von Geschäft zu Geschäft zu pilgern.

»Du kannst dir beim Bäcker nebenan etwas zu essen holen, wenn du Hunger hast«, sagte Oma, »die Frau weiß Bescheid.«

Das ließ sich Marianne nicht zweimal sagen. Kaum war Oma weg, lehnte sie ihren hölzernen Roller, dessen Besonderheit ein verstellbarer Richtungsanzeiger war, beim Bäckerladen an die Hauswand, ging hinein und versorgte sich mit allerhand Leckereien.

»Oma zahlt's!«, sagte sie nur.

»Oma zahlt's!«, dachte auch die Bäckersfrau.

Und da Marianne an diesem Tag mal wieder viele Freundinnen hatte, sollten die auch nicht Hunger leiden. So blieb es nicht bei nur einem Besuch der Bäckerei.

»Oma zahlt's!«, hieß die Devise und so waren alle zufrieden.

Nur Oma nicht. Sie traf fast der Schlag, als sie nach ihrer Rückkehr die Rechnung präsentiert bekam.

»Dem Kind muss es ja speiübel sein«, rief sie entsetzt. »Hoffentlich spuckt sie mir nicht die frisch geputzte Wohnung voll!«

Doch Marianne sauste quietschvergnügt mit dem Roller die Straße hinunter und eine ganze Menge lustiger und schleckender Kinder hinterdrein.

Eine schreckliche Vision

Opa in Schramberg hatte eine wunderbare Gabe: Er konnte toll Geschichten erzählen. Besonders die Lausbubenstreiche aus seiner Jugendzeit hatten es uns Kindern angetan. Oma hatte da ihre eigene Meinung. Sie fürchtete, er könnte uns damit auf dumme Gedanken bringen.

»Da lernen sie doch nichts dabei!«, schalt sie jedes Mal.

Doch sie hätte sich nicht zu sorgen brauchen. Aus uns ist trotzdem was geworden. Vielleicht gerade wegen Opas tollen Geschichten.

Und wenn Opa in besonders guter Stimmung war, legte er seine Lieblingsplatte auf, Franz Schuberts Lied »Im Abendrot«.

Dabei sang er inbrünstig mit. Und am Schluss, wo es heißt: Und dies Herz, eh es zusammenbricht, trinkt noch Glut und schlürft noch Licht«, wischte er sich verstohlen eine Träne von der Nase.

Die Angst, ebenfalls zusammenzubrechen, bekam ich gegen Ende der Ferien. An einem Regentag hatte Oma wieder einmal der Putzteufel heimgesucht.

»Wir wollen die Bühne aufräumen und wischen«, schlug sie vor.

Oma war sehr reinlich und vom Putzen hielt sie viel. Ich nicht, aber was half's? Oma kannte da keine Kompromisse. Also legten wir los.

Beim Aufräumen fiel ihr ein übergroßes Kruzifix in die Hände, das sollte ich am Ferienende mit nach Hause nehmen. Opa wurde beauftragt, das kostbare Holz mit dem geschnitzten Corpus zu verpacken. Mich überkam eine heillose Angst, als ich das Monstrum betrachtete. In einer schrecklichen Vision sah ich mich in den Zug steigen mit dem riesigen Kreuz auf dem Buckel wie Jesus auf dem Berg Golgatha, und eine große Traurigkeit überfiel mich.

Als Opa meine Tränen bemerkte, packte er alles wieder aus, strich mir über den Kopf und tröstete mich.

»Gell, Bub, das ist doch zu schwer für dich!«, sagte er dabei.

Da war ich mit einem Schlag wieder froh und lebte dem Ferienende unbeschwert entgegen. Dieser Kelch war an mir vorübergegangen.

Im Schulhaus am Stadtgarten – Heitere Schülerstreiche

In meiner Schulzeit in Bühl hatte ich das Glück, vierzehn Jahre lang in das gleiche Schulgebäude am Stadtgarten marschieren zu dürfen, zunächst als kleiner Erstklässler in die Volksschule, die in den unteren zwei Geschossen untergebracht war. Fünf Jahre später stieg ich als Sextaner in die beiden Stockwerke darüber auf, wo die Klassenzimmer des Gymnasiums lagen.

St. Martin und ein Häufchen Elend

Meine erste Begegnung mit dem Schulhaus war alles andere als ermutigend verlaufen. Es war am Martinstag im Jahr vor meiner Einschulung, als ich zum ersten Mal diese ehemalige Schlappenfabrik, im Volksmund »Schlappes« genannt, betrat.

Für die Kinder der Stadt hatte wie jedes Jahr ein Laternenumzug stattgefunden. Vorneweg war St. Martin auf einem stattlichen Pferd geritten, dahinter marschierte die Stadtkapelle und intonierte die bekannten Laternenlieder, dann folgten die Kinder mit ihren selbst gebastelten oder gekauften Lampions. Auch etliche Mütter und Väter mischten sich darunter und griffen ein, wenn die eine oder andere Laterne aus Unachtsamkeit in Flammen aufging.

Manche Kinder sangen die Lieder von Laterne, Sonne, Mond und Sterne lauthals mit, andere hatten genug damit zu tun, ihre Lampions am Leuchten zu halten, besonders wenn wieder mal eine Windböe die Lichtquelle durchschüttelte. Dann blieb es meistens beim kurzen Refrain »Rabimmel, rabammel, rabumm!«.

Auf dem Kirchplatz fand die Mantelteilung statt, bei der ein Bettler, der dort schon einige Zeit ausgeharrt hatte, ein Stück des roten Umhangs bekam, den St. Martin trug. Wir Kinder sangen dazu inbrünstig die Strophe »Im Schnee, da saß ein armer Mann, hat Kleider nicht, hat Lumpen an …«.

Was kümmerte es uns, dass da gar kein Schnee lag. So, wie der arme Mensch aussah, konnte er den Mantelteil wohl gut gebrauchen. Da waren wir zufrieden.

Wir sollten ja nach dem Umzug auch etwas Gutes bekommen. Dazu mussten wir zur besagten Schule laufen und zum hinteren Eingang hineingehen. Drinnen bekamen wir dann das begehrte Schokoladetäfelchen. Es wog zwar nur sechzig Gramm, aber in der kargen Nachkriegszeit war das für uns Kinder eine Riesentafel.

Eigentlich hätte es ein glücklicher Abend für mich sein müssen, wäre das dicke Ende nicht noch gekommen. Das Unglück begann, als ich das Gebäude durch einen anderen Ausgang verlassen musste. Draußen war es stockdunkel und die spärliche Straßenbeleuchtung zeigte mir keinen Heimweg an.

Ich wusste nicht mehr, wo ich war. Da war keine Kirche, kein markantes Gebäude zu erkennen, an dem ich mich hätte orientieren können.

Mitten in der Stadt fühlte ich mich mutterseelenallein, ein Häufchen Elend. Ich fing zu weinen an. Eine gute Fee erbarmte sich meiner und fragte mich nach meinem Schmerz. Zum Glück hatte ich die Adresse des Elternhauses im Kopf, so dass der Tag doch noch ein gutes Ende fand.

Und ein Stückchen Schokolade trug auch noch dazu bei, das Seelenheil eines kleinen Buben wieder ins Gleichgewicht zu bringen.

Vom Flügel bis zum Meerrohr

Aus der Volksschulzeit sind mir besonders die Rektoren mit ihren Eigenheiten in Erinnerung. Der erste war von schmächtiger Gestalt. Er setzte sich jeden Morgen an den Flügel, der hinten im Klassenzimmer stand. Wir mussten uns drumherum aufstellen, und dann tönte jedes Mal dasselbe Lied durchs Haus: »Wer hat die schönsten Schäfchen, die hat der gold'ne Mond, der hinter unsern Bäumen am Himmel droben wohnt …«

Der zweite war von der Statur her das krasse Gegenteil, ein Baum von einem Mann! Klavier spielen konnte er nicht, aber singen, und das mit solcher Kraft, dass er die Mauern von Jericho damit bestimmt zum Einsturz gebracht hätte. Auch er hatte ein Lieblingslied, ein Kirchenlied, das jeden Morgen zum Schulbeginn weithin zu hören war: »Lobt froh den Herrn, ihr jugendlichen Chöre …«

Anschließend mussten wir unsere Schulaufgaben machen, während der Rektor in den angrenzenden Raum verschwand, die Verwaltungsaufgaben zu erledigen. Aber wehe, unsere Phonstärke trat über den zulässigen Pegel. Dann sauste unser guter, alter Rektor herein und packte den Nächstbesten, dessen er habhaft werden konnte. Einmal erwischte er den Frieder, das schmächtige Söhnlein eines Rechtsanwaltes.

»Du Tagdieb, du elender!«, trompetete er los, packte den armen Wurm, und schon sauste das bedauernswerte Bürschchen im doppelten Rittberger in die nächste Ecke des Zimmers. Mühsam rappelte sich Frieder auf, schlich kleinlaut an seinen Platz, und in Kirchenstille wurde die Schönschrift zu Ende geführt. Lust auf einen ähnlichen Salto mortale verspürte keiner.

Der dritte ist mir als strafender Engel in Erinnerung, der einige renitente Bürschchen im fünften Schuljahr aus ihrem selbst errichteten Schülerparadies vertrieb, und das mit seinem berüchtigten Stöckchen aus bester Meerrohrqualität.

Wir hatten damals eine Lehrerin, ein liebes Fräulein. Doch nicht alle Schüler schienen das zu merken und übertrafen sich in ihrem Bemühen, unser gutes Fräulein zu ärgern. Wenn sie es gar zu bunt trieben, sauste der Rektor herein und ließ seinen Stock tanzen wie den »Knüppel aus dem Sack« in Grimms Märchen »Tischlein, deck dich«.

Doch den Getroffenen war alles andere als märchenhaft zumute!

Heute sind solche Szenen zum Glück nicht mehr denkbar, aber für uns damals gehörten sie zum Schüleralltag.

Ein Stinkkäse zu viel!

Auf die Religionsstunde in der ersten Klasse freute ich mich immer besonders. Das lag vor allem an der Katechetin, die dieses Fach unterrichtete. Sie legte großen Wert darauf, mit »Fräulein« angeredet zu werden. Bestimmt war das damals noch eine besondere Ehre, denn diese Anrede wies eindeutig auf den Ledigenstand hin.

Dieses Fräulein hatte die große Gabe, die biblischen Geschichten spannend zu erzählen. Dazu malte sie jedes Mal eine Szene daraus mit bunten Kreiden an die Wandtafel. Mit der Zeit musste sie meine Aufmerksamkeit gespürt haben, denn ab und zu schenkte sie mir eines ihrer Heiligenbildchen, mit denen sie sonst äußerst sparsam umging.

»Du bist ein braver Bub. Vielleicht willst du später einmal ein Priester werden«, sagte sie dann immer hoffnungsvoll.

Ich hatte mir in dieser Richtung noch keine Gedanken gemacht, aber wenn das Fräulein meinte, wer weiß?

Im zweiten Schuljahr bekam dieses Anhimmeln einen ersten Knacks. Das Fräulein verlangte, dass wir sie laut mit »Gelobt sei Jesus Christus« zu begrüßen hätten, wenn wir ihr in der Stadt begegneten. Einmal vergaß ich diesen Gruß absichtlich, da er meiner Meinung nach nur dem Pfarrer zustand. Flugs sprang sie von ihrem Fahrrad herunter und schnauzte mich derart an, dass mir Hören und Sehen verging.

Der nächste Knacks folgte in der dritten Klasse. Im Kommunionunterricht führte sie uns plastisch vor Augen, was passieren würde, wenn wir die heilige Hostie berührten, die zu jener Zeit vom Priester auf die Zunge gelegt wurde. Sie behauptete, dass dann das Blut Christi herausflösse.

Als mir eine Hostie am Gaumen kleben blieb und ich sie mit der Zunge nicht lösen konnte, nahm ich instinktiv meinen rechten Zeigefinger zu Hilfe. Plötzlich fiel mir die Warnung wieder ein. Es war zu spät. Schreckensbleich erwartete ich, dass Blut aus meinem Mund tropfte. Ich hatte Glück. Der Kelch ging an mir vorüber.

Von nun an glaubte ich nicht mehr alles, was das Fräulein erzählte. Kurze Zeit später kam das endgültige Aus.

Meine Mutter hatte mein Vesperbrot mit Käse belegt, der nicht schlecht duftete. Nach der Religionsstunde packte ich es aus, denn wir hatten große Pause.

»Wer hat denn da Stinkkäse dabei?«, rief das Fräulein und rümpfte die Nase.

Alle lachten mich aus. Das war zu viel! Mit der Freundschaft war es endgültig aus. Und Priester wollte ich auch nicht mehr werden. Dieses Los fiel dann später meinem Bruder Edgar zu.

Boxhiebe in Latein

Im Gymnasium hatten wir einen Professor in Latein, eine Seele von Mensch. Respekt verschaffte er sich durch seine mit Vorliebe deklamierten lateinischen Dichtungen in Hexametern, aus sechs Daktylen oder Spondeen gebildeten Versen.

Immer wenn wir die Vokabeln nicht so gut gelernt hatten und ein Test drohte, baten wir unseren Professor inbrünstig, uns mit den schönen Versen zu beglücken. Und dann floss zu unserer Zufriedenheit die Zeit dahin, das vorgesehene Wörterabfragen fiel seiner geliebten Muse zum Opfer.

Respekt verschaffen konnte sich der Professor aber auch durch seine Boxhiebe, die bei ihm als ehemaligem Amateurboxer nicht gerade zimperlich ausfielen und in kein lateinisches Versmaß passten, umso besser und schmerzhafter aber auf unsere nicht gerade muskulösen Oberarme.

Diese geballten Kräfte riesiger Boxerpranken bekam auch der unschuldige Adventskranz zu spüren, der zur vorweihnachtlichen Zeit das Pult unseres Klassenzimmers zierte. Um wieder einmal einer lästigen Vokabelarbeit zu entgehen, baten wir unseren Professor scheinheilig um eine kleine Adventsfeier, geschmückt mit den überaus wohlklingenden lateinischen Versen großer Dichter.

Nach einigem Brummen von wegen »Saubande, elende« ließ sich der Lehrer endlich erweichen, zündete ein Lichtlein an und versank in seine ach so geliebten Dichterworte. Als wir meinten, er sei so ganz der irdischen Wirklichkeit entrückt, fingen wir unvorsichtigerweise an, die hohe Kunst mit unserem einfältigen Geschwätz zu stören. Unser Professor aber hatte die Disharmonie bemerkt. Wutschnaubend klappte er das Buch mit den antiken Versen zu, und mit einem urigen »Herrgottzack« schlug er damit auf den unschuldigen Adventskranz ein, bis das Lichtlein durch die grobe Behandlung erlosch.

Schade, denn nun war's mit den Adventsfeiern in der Lateinstunde vorbei, und die fälligen Vokabeltests straften uns Kunstbanausen hart.

Ehrlich währt am längsten

Welche Seele von Mensch unser Lateinlehrer war, erlebten wir Schüler immer mal wieder dann, wenn einer von uns beim Abschreiben erwischt wurde. Frieder, der den unfreiwilligen doppelten Rittberger aus der Volksschulzeit inzwischen verdaut zu haben schien, ließ eines Tages in seiner Einfalt, vielleicht hatte sein Hirn bei dem Sturz doch etwas gelitten, seinen Spickzettel im Arbeitsheft liegen.

Was tat unser Professor? Bei der Rückgabe der Lateinarbeit hob er seinen Zeigefinger und sprach in feierlichem Ton: »Ehrlich währt am längsten!« und gab das Heft ohne den erwarteten Sechser, dafür aber mit Spickzettel dem verdutzten Frieder zurück, der sich im Stillen gelobte, das verräterische Beweisstück das nächste Mal rechtzeitig beiseitezuschaffen.

Ein echter Lateiner kennt sich auch in Geschichte aus, und so erteilte uns der Professor auch Unterricht in diesem Fach. Eifrig schleppte er Bücher herbei, um uns unerfahrenen Zöglingen mittels zahlreicher Bilder die historischen Zusammenhänge anschaulich zu machen. Aber wie schmählich lohnten wir diese löblichen Anstrengungen.

Mit Kreide strichen wir die Bänke an den Seiten an, und ahnungslos streifte unser Professor daran entlang, eifrig die Fotos erklärend. Ehrfurchtsvoll und wissend nickten wir. Als der Lehrer seine Runde beendet hatte, streckte der Klassensprecher. Freudig erwartete der Geschichtslehrer eine Frage zum behandelten Stoff. Doch es kam nur die einfältige Aussage: »Herr Professor, Sie haben weiße Flecke am Anzug.«

Pflichteifrig eilten wir nach vorn und klopften die Kleider des verdutzten Lehrers aus, wofür er sich herzlich bedankte und uns für die Hilfsbereitschaft die Hausaufgaben erließ.

Nächtliche Alarmglocken

Es war ein lauer Sommerabend, als wir Lausbuben unserem Lateinlehrer einen Streich spielten, den wir bei anderen Gelegenheiten schon ausprobiert hatten. Von einem Schreibmaschinenkurs zu später Stunde heimwärts schlendernd, kamen wir zufällig am Anwesen unseres Professors vorbei. Da stach uns der Hafer.

Wir versteckten uns im Vorgarten in den Büschen, während Lars, der im Lateinunterricht des Öfteren mit den Boxhieben des Professors Bekanntschaft gemacht hatte, zur Haustür schlich, um zu klingeln. Und damit der Klingelknopf in seinem Bemühen, die Herrschaften zu wecken, nicht ermüdete, klemmte Lars zu unserem Ergötzen ein Streichholz dazwischen. Jetzt bimmelte es im Haus, als ob Feueralarm wäre. Aus sicherem Versteck heraus konnte die Vorstellung nun beginnen.

Ein Vorhang flog zurück und ein Fenster wurde aufgerissen. Frau Professor im Nachtgewand streckte den Kopf heraus und starrte erschrocken an die Haustür, wo natürlich keiner war. Dafür kicherte es unheimlich aus allen Hecken, so dass der geplagten Frau bald ein Licht aufging. Dann aber schrillte ihre Stimme eine Oktave höher.

»Arthur! Da sind ein paar unverschämte Flegel in den Johannisbeeren! Marsch, hinunter, verjage sie!«, hallte es in die Nacht hinaus.

Jetzt war es für uns höchste Zeit, das Weite zu suchen. Hinter der nächsten Hausecke beobachteten wir noch, wie der Professor im eilig übergeworfenen Hausmantel aus der Tür sauste, eifrig von seiner aufgeregten Gemahlin am Fenster angetrieben, und in den Beerensträuchern umherstolperte.

Ihm war klar, dass er hier vergeblich suchte, aber seine Pantoffeln hinderten ihn an einer weiteren Verfolgung, und so trottete er unter dem Geschimpfe seiner Frau ins Haus zurück.

Eine unverhoffte Wasserdusche

Wieder ging ein heißer Sommertag zu Ende, da spazierte Armin, ein Klassenkamerad von mir, ahnungslos pfeifend am Garten des Lateinlehrers vorbei. Der Professor war gerade damit beschäftigt, die durstigen Blumen mit dem kühlen Nass aus dem Gartenschlauch zu erquicken.

Als er dabei den Gymnasiasten, der ihn am Morgen noch im Unterricht geärgert hatte, am Zaun vorbeischlendern sah, hob er flugs das Spritzgerät in die Höhe, um auch ihn mit einer kleinen Erfrischung zu überraschen.

Das hätte er lieber nicht tun sollen. Sein Vergnügen war nur kurz, denn plötzlich erschien die Herrin des Hauses und übergoss unseren Professor mit einem Kübel voller Schimpfworte.

»Du alter Esel!«, legte sie los. »Unschuldige Buben zu ärgern, das sieht dir mal wieder ähnlich! Schämst du dich nicht?«

Nachdem sie kurz Luft geschnappt hatte, wandte sie sich dann mit einem liebevolleren Ton dem Buben zu.

»Mein Junge, bist du nass geworden?«, flötete sie.

»Ja, ja, ich bin halb ersoffen!«, rief Armin und hüpfte grinsend davon.

Als er am anderen Morgen in der Schule von diesem Erlebnis erzählte, dämmerte es uns, dass unser Professor trotz Boxkünsten, Hexametern und Daktylen daheim mit seinem Latein am Ende war. Da hatten wir fast Mitleid mit ihm und nahmen uns vor, in Zukunft seinen Versvorträgen mit größerer Andacht zu lauschen und die Boxhiebe verständnisvoller einzustecken.

Unerlaubte Hilfsmittel

Leistungstests und Klassenarbeiten hatten schon vor meiner Schulzeit ganze Schülergenerationen heimgesucht und ihnen schlaflose Nächte bereitet. Was zählte, waren seit jeher gute Noten. Da konnte es nicht ausbleiben, dass sämtliche Mittel und Wege versucht wurden, dieses Ziel zu erreichen.

»Einen Spickzettel zu schreiben, ist eine gute Lernhilfe«, hatte uns sogar der Klassenlehrer ermutigt.

»Nur einsetzen dürft ihr ihn nicht«, lautete aber die Einschränkung.

»Oder nicht erwischen lassen«, flüsterte mir mein Banknachbar zu.

Es ließe sich bestimmt ein Buch füllen, wenn man alle geglückten oder wenigstens versuchten Methoden aufschreiben würde, die sich Schülerinnen und Schüler haben einfallen lassen.

Einen ganz raffinierten Trick hatte eine Klassenkameradin von mir auf Lager. Damals trugen Mädchen noch Röcke. Miniröcke waren gerade in Mode. Also nähte sie ihren Spickzettel innen in den Rocksaum. Jedes Mal, wenn sie bei der Arbeit nicht weiterwusste, klappte sie den Rock hoch, spickte ab und klappte den Saum wieder zurück.

Mancher Lehrer hegte einen Verdacht und schlenderte aufmerksam schauend an der unschuldig vor sich hin blickenden Schülerin vorbei. Doch nirgends war ein verdächtiges Zettelchen zu entdecken.

Und »Klapp mal deinen Rock hoch!« hätte keiner zu sagen gewagt.

Auf einen genialen Einfall war ein Schüler aus der Parallelklasse gekommen. Mit seiner Idee hatte er sich nicht nur ein paar gute Zensuren verschafft, sondern von der Schulsekretärin auch noch mehrmals ein dickes Lob eingeheimst.

Eifrig trug er des Öfteren den Papierkorb des Sekretariats zum Mülleimer runter und brachte ihn leer wieder zurück.

»Du bist ein guter Junge«, lobte ihn dann lächelnd die Sekretärin.

Was außer diesem Schüler keiner ahnte, im Papierkorb befanden sich ab und zu auch die Blaupausen der Matrizen mit den Aufgaben der Klassenarbeiten. Und verraten hat er die Quelle seiner Stütz- und Fördermittel erst, nachdem er die Schule längst hinter sich hatte.

Der mathematische Sündenfall

Gefürchtet war unser Mathematiklehrer, der bei uns Gymnasiasten auch Zwetschgen-Karl genannt wurde, weil er im benachbarten Sasbach zahlreiche Zwetschgenäcker hatte. Gefürchtet war er einmal wegen seiner strengen Notengebung, zum anderen konnte er mit seinen Augen rollen, wenn etwas nicht richtig beim Vorrechnen lief, dass dem verschüchterten Schüler fast die Kreide aus den Händen fiel.

Aber von seinem Fach verstand er was. Vor allem konnte er die schwierigsten Aufgaben auf einfachste Art erklären, so dass es auch der Letzte kapieren musste. Berühmt waren dabei seine »Sechs-Finger-Beispiele«, mit deren Hilfe er dem Rechenproblem zu Leibe rückte. Nur das Übertragen auf größere Zahlen fiel manchem noch schwer.

»Die Füße nehmen, wenn's nicht reicht! Ich tät die Füße nehmen!«, posaunte er dann vom Pult her. Aber das war leichter gesagt als getan.

Wie oft verrechnete sich ein aufgeregter Schüler, wenn er vorne an der Tafel eine Mathe-Aufgabe zu lösen hatte, vor allem wenn der Zwetschgen-Karl ungeduldig mit dem Spazierstock fuchtelte, den er wegen eines lahmen Beines immer dabeihatte. Ein großer Fehler war es dann, die falsche Zahl mit der Hand wegzuwischen, statt einen Lappen oder einen Schwamm zu nehmen.

Prompt kam die Reaktion vom Pult: »Die Nase nehmen! Ich tät die Nase nehmen!«, tönte es, und der so Angepflaumte stand mit hochrotem Kopf da.

Den größten mathematischen Fauxpas leistete sich ein ahnungsloser Schüler aber dann, wenn es ihm irgendwie einfiel, durch die Null zu teilen. Das geht bekanntlich in der Mathematik nicht. Auf solch einen Ausrutscher hatte unser Mathelehrer nur gelauert. Jetzt glänzten seine Augen, ein spitzbübisches Lächeln straffte die Gesichtsfalten, und triumphierend verkündete er: »Durch die Null zu teilen, das ist der mathematische Sündenfall!« Und erklärend fügte er jedes Mal hinzu: »Adam und Eva haben durch die Null geteilt und flogen deshalb aus dem Paradies!«

Im Religionsunterricht hatten wir das zwar anders gehört, aber es fiel uns nicht im Traum mehr ein, durch die Null zu teilen, und so konnte man die freie theologische Auslegung der Bibel sicherlich guten Gewissens verzeihen.

Lehrer sind auch nur Menschen

Unser Mathelehrer fuhr als Nebenerwerbslandwirt natürlich einen Mercedes-Diesel, einen grünen, damit er in der Zwetschgengegend mit seinen Fahrkünsten nicht so auffiel.

Eines Morgens stand er mit einem neuen Modell dieser Renommierfirma da, was wir Schüler natürlich gleich bemerkten. Sicherlich war die Zwetschgenernte gut ausgefallen, und nach Schulschluss umstand eine gaffende Menge den neuen, natürlich wieder grünen Wagen. Stolz stieg unser Mathematiklehrer ein. Vorglühen, starten, den Rückwärtsgang rein, aber wo war der? Einmal, zweimal, dreimal, nichts, das Auto bewegte sich immer einen Ruck weiter nach vorne, der Mauer zu, vor der es stand. Alles Probieren half nichts.

Endlich erbarmte sich ein Primaner. Belustigt hatte er dem Treiben schon eine Weile zugesehen. Jetzt eilte er dem in Nöte geratenen, halb verzweifelten Lehrer zu Hilfe. Mit einem Ruck schob er den Ganghebel in die richtige Richtung und siehe da, das Auto gehorchte. Der Heimfahrt des Mathelehrers stand nichts mehr im Wege, und freundlich nach allen Seiten winkend rauschte er den heimatlichen Gefilden zu.

Damals dämmerte mir schon, was später zur Gewissheit wurde, zur tröstlichen Gewissheit: Lehrer sind auch nur Menschen!

Ein Festtag war es immer, wenn in einer Veranstaltung des Städtischen Kulturrings der bulgarische Pianist Yuri Bukoff sein musikalisches Können darbot. Ihm hatte unser Mathematiklehrer in jungen Jahren Privatunterricht erteilt. Zum Dank dafür durfte er dann im Konzert strahlend auf einem Ehrenplatz sitzen, liebevoll auf seinen berühmten Schüler blickend, der es sich trotz seines weltweiten Engagements nie nehmen ließ, in unserer Stadt zu Ehren seines ehemaligen Lehrers vor einem begeisterten Publikum ein Konzert zu geben.

Rote Haare und rote Gesichter

Schülerstreiche waren immer die Würze im manchmal recht trockenen Schulalltag. Und wenn sich ab und zu mal Lehrer untereinander einen Streich erlaubten, war die Freude bei uns Schülern besonders groß.

In Deutsch hatten wir damals ein rothaariges Energiebündel als Lehrerin, deren Stimme vom sanftesten Piano bis hin zum explodierenden Fortissimo reichte. Besonders wenn sie einen schüchternen Sextaner vor sich hatte, gelang es ihr mit Wonne, ihn durch ihr kräftiges Brüllen einzuschüchtern. Das war auch unserem Direktor bekannt, der ihr eines Tages einen Streich spielte.

Mitten im Unterricht, als wir uns wieder einmal mit den deutschen Rechtschreibregeln herumplagen mussten, klopfte es ganz leise an die Tür. Das wird so ein kleiner Sextaner mit dem Umlaufbuch sein, dachte sich unser Rotschopf wahrscheinlich, als sie in gewohnter Art losbrüllte: »Herein, du Unglücksrabe!«

Als sich die Tür leise öffnete und das grinsende Gesicht des Direktors auftauchte, fuhr unserem Deutschdrachen vor Schreck und Scham die Haarfarbe ins Gesicht. Auch wir schauten ungläubig in Richtung Tür. Doch als der Direktor lauthals lachte, löste sich die Spannung in allgemeine Heiterkeit auf.

Der rote Drache aber war fortan etwas vorsichtiger und wartete mit dem Fortissimo, bis sie das Opfer zu Gesicht bekam.

Verdunkelte Aufklärung

Unser Biologielehrer war ein Ass auf seinem Gebiet. Was Tiere und Pflanzen betraf, konnte man ihm nichts vormachen. Er kannte sich bestens aus. Nur in Menschenkunde zeigte er sich etwas schüchterner.

In der Vererbungslehre befassten wir uns ausgiebig mit den Mendel'schen Gesetzen. Auf dem Papier kreuzten wir Hasen aller Arten und Schattierungen: schwarze, weiße, gefleckte, kurzhaarige, langhaarige, mit kleinen und mit großen Ohren und was es da sonst so alles gab.

Und dann kam der feierliche Augenblick, wo unser Biolehrer um äußerste Ruhe bat. Wir wussten, jetzt war es so weit. Schülergenerationen hatten es sich weitererzählt, und so waren wir bestens vorbereitet.

Seine Stimme wurde ganz leise.

»Kinder«, flüsterte er, »Kinder, in der nächsten Stunde kommen wir zu einem Thema, bei dem es notwendig sein wird, männliche und weibliche Schüler zu trennen, um sie in die Geheimnisse der menschlichen Natur einzuweihen.«

Also saßen wir Buben in der nächsten Biostunde im verdunkelten Raum still und erwartungsvoll da. Der Biolehrer fing an, von den Blumen auf der Wiese zu reden und den Bienen, die umherschwirren und die Stempel mit den Blütenpollen befruchten, und wie die Zellen dann wachsen. Dazu schob er Dia um Dia in den Apparat, um uns das bildlich vor Augen zu führen.

Von Menschen war nicht die Rede und das, was uns so brennend interessiert hätte, nun, davon erfuhren wir rein gar nichts. Wie gesagt, in der Menschenkunde war er etwas schüchtern. Warum aber Buben und Mädchen diese Vorführung getrennt erleben mussten, wurde uns nie klar. Vielleicht weil sie in einem verdunkelten Raum stattfand? Wer weiß?

Verrenkungen am Reck

Nicht immer konnte jedes Unterrichtsfach mit einer dafür ausgebildeten Lehrkraft besetzt werden, besonders im Sport der unteren Klassen. So musste sich mancher sportlich ungeübte Lehrer mit den Geräten in der Turnhalle herumquälen.

Dieses Schicksal traf auch unseren Klassenlehrer. Er sollte uns den Felgaufschwung am Reck beibringen. Lange erklärte er uns den richtigen Haltegriff, die vorgeschriebene Grundhaltung und den theoretischen Ablauf der Übung. Wir stellten uns doof, und so musste er wohl oder übel den technischen Ablauf vormachen.

Ruhe, Konzentration, richtiger Griff, vorgeschriebene Haltung, alles stimmte. Und dann kam der Felgaufschwung, das heißt, er sollte kommen. Was aber kam, war ein Strampeln in der Luft, so dass wir in schallendes Gelächter ausbrachen. Die Nummer wäre reif fürs Varieté gewesen!

Unser Lehrer rollte mit den Augen, dass das Weiß darin überdimensional hervortrat, und polterte los, indem er seine Krawatte zurechtrückte und das Jackett überzog: »Nu, lachen könnt ihr, aber selber machen, dazu seid ihr zu doof!« Und beleidigt brach er seine Vorführung ab. Den Felgaufschwung haben wir aber trotzdem noch gelernt. Manchmal hilft auch die Theorie weiter, man muss sie nur in die Praxis umsetzen können.

In der Chemie war unser Klassenlehrer eher zu Hause. Er überraschte uns immer wieder mit neuen, spektakulären Versuchen. Da zischte, krachte, puffte und brodelte es, dass es eine reine Freude war. Nur unsere Klassenkameradin Gerlinde schien den Experimenten nicht ganz zu trauen. Vorsichtshalber saß sie im Chemieunterricht immer direkt an der Tür. Und wenn es einen explosionsartigen Knall gab, sauste sie mit einem grässlichen Schrei aus dem Zimmer. In irgendeiner schützenden Ecke mussten wir dann ein zitterndes Bündel wieder auflesen und mit guten Worten zur Rückkehr bewegen. Uns war klar, Chemikerin würde die Gerlinde nie werden.

Der ausgerenkte Unterkiefer

Unser Physiklehrer hatte wenig Humor. Wir wussten, wenn wir mal wieder etwas angestellt hatten, war mit ihm nicht gut Kirschen essen. Kopfrechnen war nicht gerade seine Stärke. Und so kam aus manchem Schülermund hie und da eine unbedachte Äußerung, in diese Richtung zielend. So war es auch in der letzten Physikstunde gewesen. Der Physikus war am Ende beleidigt aus dem Klassenzimmer gestürmt, nachdem er uns zuvor noch ein saftiges Hausaufgabenpensum aufgebrummt hatte.

Uns war klar, vor ihm mussten wir uns in nächster Zeit in Acht nehmen. Nur der dicke Müller schien das nicht kapiert zu haben. Bereits am nächsten Morgen machte er sich daran, unserem Physiklehrer einen besonders wirkungsvollen Empfang zu bereiten.

Lineal, Winkelmesser, Zirkel und Dreieck hatten sonst unter der Wandtafel ihren Platz. Jetzt hingen diese Geräte so raffiniert über der Klassenzimmertür, dass sie dem Eintretenden auf den Kopf fallen mussten.

Wir wussten, das hätte das Fass zum Überlaufen gebracht. Diesen üblen Streich konnten wir auf keinen Fall zulassen. Doch der dicke Müller stand drohend vor seinem Meisterwerk. Er hatte die Ärmel hochgekrempelt und war wild entschlossen, seinen Platz zu verteidigen.

Als Klassensprecher musste ich jetzt handeln. So nahm ich allen Mut zusammen und näherte mich dem Tatort. Der dicke Müller schien nicht zu glauben, dass so ein schmächtiges Bürschchen es wagen würde, hier einzuschreiten. Doch als er es merkte, lagen die Damoklesschwerter auch schon am Boden. Das Schlimmste für die Klasse war verhütet, das dicke Ende für mich sollte aber noch kommen.

Der dicke Müller holte aus, ich duckte mich im falschen Augenblick, und seine geballte Rechte sauste auf mein Kinn, dass sich der ganze Unterkiefer verschob. Ich brachte kein Wort mehr heraus. Aber die Klassenkeile, die der selbsternannte Boxchampion daraufhin einstecken musste, war auch nicht von Pappe.

1, 2, Cha-Cha-Cha

Ein eigenes Fahrrad war auch damals schon der Traum jedes Heranwachsenden. Nur war die Frage: Woher nehmen, wenn nicht stehlen? Da stehlen für einen wohlerzogenen Jungen wie mich nicht in Frage kam, musste ich anderweitig schauen, wie ich zu solch einem Gefährt kommen konnte.

»Bei mir steht noch ein alter Drahtesel im Schopf, den kannst du haben«, meinte mein Onkel. Mit Schopf meinte er natürlich nicht seine Lockenpracht, sondern den Schuppen neben dem Haus. Sofort schaute ich nach. Meine anfängliche Begeisterung legte sich etwas, als ich das verrostete Vehikel zu Gesicht bekam.

»Abschmirgeln, neu streichen, dann sieht das wieder recht passabel aus!«, schlug der Onkel vor.

Als ich immer noch etwas skeptisch dreinschaute, holte er aus seiner Werkstatt Schmirgelpapier, schwarze Lackfarbe, Silberfarbe und Pinsel.

»Los, an die Arbeit!«, forderte er mich auf.

So machte ich mich ans Werk. Und siehe da! Das Ergebnis meiner stundenlangen Bemühungen konnte sich sehen lassen. Mein Onkel ersetzte noch die alten, porös gewordenen Schläuche und ölte die verrostete Kette, dann stand der Jungfernfahrt nichts mehr im Weg. Sofort drehte ich ein paar Runden und spürte, dass meine neue Errungenschaft trotz des Alters noch richtig flott dahinsauste. Dazu kam noch ein Luxus, auf den ich besonders stolz war. Das Rad hatte vorne eine Lampe mit einem Schalter. Ich konnte damit Voll- oder Abblendlicht einschalten. Und das hatten die modernen Fahrräder alle nicht!

Von jetzt an war das Fahrrad mein ständiger Begleiter. Mein Fahrstil wurde immer kecker und so ließ der erste Sturz nicht lange auf sich warten.

In der Schule fand ein Tanzkurs statt. Die Jungen meiner Klasse bekamen mit den Mädchen des Jahrgangs darunter von einer Tanzschule die ersten Schritte auf dem Parkett beigebracht. Mein Lieblingstanz war bald der Cha-Cha-Cha. Und so übte ich die Schritte auch in meiner Freizeit und zählte dabei laut: »1, 2, Cha-Cha-Cha, 1, 2, Cha-Cha-Cha ...«

Auf dem Fahrrad hätte ich das aber lieber nicht getan. Denn als ich durch die Postgasse fuhr und dabei den Cha-Cha-Cha übend den Lenker hin- und herbewegte, übertrieb ich die Verrenkungen so, dass ich übersteuerte und unsanft auf dem harten Boden landete.

Aus allen Tanzträumen gerissen trottete ich mit Schürfwunden und verbogenem Schutzblech nach Hause. Doch der Liebe zum Cha-Cha-Cha tat das auf Dauer keinen Abbruch. Später schaffte ich die Tanzschule sogar bis zum silbernen Tanzabzeichen. Aber da hatte ich dann längst ein neues Fahrrad, natürlich mit Gangschaltung. Da war sogar das fehlende Abblendlicht zu verschmerzen.

Schießübungen im Nachhilfeunterricht

Um mein Taschengeld aufzubessern, erteilte ich an meinen wenigen freien Nachmittagen auch noch Nachhilfeunterricht.

Max, ein Fabrikantensohn aus meiner Klasse, hatte alles andere im Kopf, nur nicht das Lernen. So hatte man mich als Aushilfslehrer engagiert. Es war schwierig, ihm das Notwendigste beizubringen, denn er versuchte dauernd vom Unterrichtsgegenstand abzulenken.

Sein Schauspieltalent war enorm. Er führte mir einen sterbenden Krieger vor bis hin zu den letzten Zuckungen, was mich anfangs erheiterte, später aber schnurstracks meine Sachen packen und davoneilen ließ. Ein anderes Mal präsentierte er mir ein neues Luftgewehr, dessen Handhabung er mir gleich vorführen musste. Er zielte vom Fenster aus auf einen

Baum, dann auf das Garagentor. Und als zu allem Unglück auch noch die Tochter unserer Schulsekretärin auf der Straße auftauchte, visierte er sie an.

»Um Gottes willen!«, schrie ich. »Das Ding ist doch geladen!«

Ich hatte kaum meinen Schreckensruf beendet, als der Schuss auch schon losging. Nur zum Spaß natürlich, wie Max erklärte. Doch das Geschoss streifte noch das Bein des verdutzten Mädchens, was schließlich in einem Geschrei endete.

Das Gewehr wegwerfen und sich verdrücken war für Max ein Akt von Sekunden. Man fand ihn schließlich in seinem Zimmer unterm Bett.

Gott sei Dank war dem Mädchen nicht viel passiert. Die Wunde durch den Streifschuss verheilte bald. Ob Max eine Strafe bekam, die er verdient hatte, weiß ich nicht. Aber ein Gutes hatte die Tat bewirkt, er verschonte mich fortan mit seinen Schauspiel- und Schießkünsten, was für den Unterrichtserfolg höchst förderlich war.

O Schreck, lass nach!

Die paar Mark für den Nachhilfeunterricht, den ich gab, musste ich mir oft sauer verdienen. Gerade reiche Leute zeigten sich knausrig. Der Ausspruch meiner Oma – »Bei reichen Leuten lernt man sparen« – schien sich da zu bewahrheiten.

So hatte ich einmal den Sohn eines Bankdirektors als Zögling, der krankheitsbedingt den Mathestoff von drei Monaten nacharbeiten musste. Ich legte mich voll ins Zeug und schaffte das in sieben Stunden. Dafür sollte ich nun 7 mal 1 Mark 40 bekommen, was nach Adam Riese 9 Mark 80 ergibt. Die Bankiersgattin hatte den Betrag nicht passend und fragte mich deshalb, ob ich ihr auf 10 Mark herausgeben könnte.

Da ich nichts bei mir hatte, kam sie in Nöte. Nach langem Hin und Her gab sie mir schließlich den Schein.

»Dann behalte halt den Rest«, seufzte sie und machte ein Gesicht, als hätte sie eben ein Vermögen verloren.

Beim Sohn eines Gerichtspräsidenten ging es weniger ums Geld für den Nachhilfeunterricht, hier waren es eher die Schrecksekunden, die mich manchmal das Fürchten lehrten. Der etwas verwöhnte Knabe war an und für sich recht umgänglich, aber ab und zu packte ihn der Rappel. Wenn er die Zunge zwischen die Zähne presste und mich mit einem seltsamen Blick taxierte, wusste ich, jetzt war es wieder so weit.

Meistens waren diese Anwandlungen schnell vorüber, doch einmal packte er mich dabei unversehens am Hals und würgte mich. Verzweifelt versuchte ich mich zu befreien, doch er war weitaus kräftiger gebaut als ich und ließ nicht los. Als die Luft knapp wurde, besann ich mich in höchster Not auf eine List. Ich hörte auf mich zu wehren.

Verdutzt ließ er los und ich nutzte den Augenblick. Flink huschte ich aus dem Zimmer und entkam. Mein Hals schmerzte zwar noch einige Zeit, aber ich war froh, dass ich wieder atmen konnte. Dafür hatte ich aber vom Nachhilfeunterricht für lange Zeit die Nase voll!

Messdiener in St. Peter und Paul – Heitere Kirchengeschichten

Wessen Herz schlägt da nicht höher, wenn er schon einmal zu dieser Innung gehörte? Sind es doch immer die brävsten von allen, oder nicht? Wir von St. Peter und Paul jedenfalls waren eine ganz ansehnliche Schar von Messbuben, galt es doch zeitweise fünf Altäre gleichzeitig in dem stattlichen, neugotischen Gotteshaus zu »bedienen«.

Dabei war es gar nicht so leicht, in den erlauchten Kreis der Altardiener aufgenommen zu werden. Zuerst galt es, die lateinischen Messgebete auswendig zu lernen. Und wem wurde nicht angst und bange, wenn er vor dem gestrengen Blick des Kaplans das »Confiteor« oder das »Suscipiat« herunterstotterte und die Lateiner mit ihrer schweren Sprache samt und sonders dorthin wünschte, wo der Pfeffer wächst.

Welche Freude war es, wenn es eines Tages dann endlich hieß: »Introibo ad altare Dei« und wir durften dem Priester schüchtern und aufgeregt, aber innerlich froh über die Gunst, bei der ersten Messe zu ministrieren, darauf antworten: »Ad deum, qui laetificat juventutem meam.«

Denn nun waren wir echte Messdiener!

Mit Kickstiefeln am Altar

Damals hatten wir in der Stadtpfarrei noch zwei Kapläne. Einer davon war ein richtiger Fußballnarr. Wenn es seine geringe Freizeit zuließ, versammelte er ein paar Messbuben um sich und dann ging es mit den Fahrrädern hinaus zum Sportplatz im Hägenich am Rand der Stadt.

So war es auch einmal am Nachmittag eines warmen Sommertages. Wie die Wilden sausten wir den Niederfeldweg entlang in Richtung Fußballplatz, eine riesige Staubwolke wirbelte hinterher. Manch ein Bauer auf den umliegenden Feldern rieb sich die Augen und überlegte, ob sich einige Fahrer der »Tour de France« hierherverirrt hatten. Im Nu waren wir am Ziel unserer Träume.

Die Fahrräder weglegen, zwei Mannschaften bilden, dann konnte es losgehen. Umziehen war nicht nötig, denn so was wie Trikots oder gar Kickschuhe hatte damals keiner. Nur der Kaplan war stolzer Besitzer von einem Paar Fußballstiefeln.

Bald war auf dem staubigen Hartplatz eine wilde Fußballschlacht entbrannt, und der Kaplan stürmte in seiner schwarzen Soutane mitten in der erhitzten Messbubenschar auf das gegnerische Tor zu wie weiland Don Camillo im berühmten Guareschi-Roman. Auf einmal ertönte eine Glocke der Stadtkirche!

»Mensch, die Abendandacht, die hab ich total vergessen!«, rief der Kaplan erschrocken.

Und staubig, wie er war, schwang er sich auf seinen Drahtesel und raste seinen Pflichten entgegen. Dass er aber unter seinem Gewand am Altar noch die Kickstiefel anhatte, merkte außer dem Mesner Gott sei Dank keiner in der Kirche.

Ein Hut, ein Stock, ein Regenschirm

Für die Messdiener von St. Peter und Paul war immer einer der beiden Kapläne zuständig. Er hatte nicht nur dafür zu sorgen, dass der Dienst am Altar reibungslos klappte, er schaute auch sonst noch darauf, dass wir gemeinsam etwas unternahmen. So gingen wir hin und wieder ins Kino, spielten Fußball oder machten eine Radtour.

Einmal wanderten wir nach Ottersweier zur Wallfahrtskirche »Maria Linden«. Als auf dem Rückweg einige schlappmachen wollten, es waren ja auch etliche Kilometer zu Fuß, fing unser Kaplan an, die müden Krieger mit einem flotten Spruch aufzumuntern.

»Und eins und zwei und drei und vier, ein Hut, ein Stock, ein Regenschirm, und rückwärts, seitwärts, vorwärts marsch!«, stimmte er an und hopste dazu in diese Richtungen.

Wir sahen belustigt zu und lachten.

»Das heißt anders, Herr Kaplan!«, belehrten wir ihn dann.

Und als er uns fragend ansah, legten wir unsererseits los: »Und eins und zwei und drei und vier, ein Hut, ein Stock, ein Regenschirm und Himmel, Arsch und Zwirn!«

Jetzt musste der Kaplan lachen. Vielleicht hatte er diese Version auch gekannt, sie aber vor uns verheimlichen wollen. Jedenfalls hatte der Trick funktioniert und wir marschierten wieder munter drauflos, was ja auch Sinn und Zweck dieser Übung war.

Ein besonderes Erlebnis für die fußballinteressierten Buben unter den Ministranten war das Endspiel bei der Weltmeisterschaft 1954 in Bern. Diese Begegnung Ungarn gegen

Deutschland wurde im Fernsehen übertragen. Das Dumme war nur, dass niemand von uns einen Fernseher hatte. Da ließ der Kaplan seine Beziehungen spielen, und so durften wir Buben im Wohnzimmer im ersten Stock eines Radiogeschäfts am Stadtgarten Platz nehmen und zuschauen, wie Helmut Rahn die deutsche Mannschaft mit dem Tor zum 3 : 2 zur Weltmeisterschaft schoss.

Dass die klobigen Fernsehgeräte damals nur einen kleinen Bildschirm hatten mit einem flackernden Schwarzweißbild, das störte uns nicht.

Die Nadel im Heuhaufen

Der jährliche Ausflug mit dem Bus war für uns Messdiener von St. Peter und Paul immer ein herausragendes Ereignis. Urlaubsreisen waren damals noch nicht so in Mode, und so war eine Fahrt zum Frankfurter Flughafen, zum Rheinfall nach Schaffhausen oder nach Konstanz am Bodensee schon etwas Besonderes. Oft waren diese Ausflüge zweitägig. Um Geld zu sparen, übernachteten wir dann immer bei einem Bauern auf dem Heuboden.

Einmal führte uns diese Reise in den Hotzenwald, wo unser Kaplan herkam. Wo der Hotzenwald liegt, ist schwer zu beschreiben. Der Kaplan versuchte es uns mit einer Geschichte zu erklären.

Ein Reisender aus dem Norden kam einmal in die Gegend und fragte einen Bewohner: »Bin ich hier im Hotzenwald?«

Der Angesprochene verneinte und schickte ihn über den nächsten Hügel. Dort angekommen, stellte der Urlauber die gleiche Frage. Wieder schickte man ihn weiter. So widerfuhr es ihm einige Male.

»Hinter dem nächsten Hügel«, hieß es immer.

Nach dem siebten Hügel bekam der verdutzte Gast auf seine Frage, ob er hier endlich im Hotzenwald wäre, die Antwort: »Nein, da kommen Sie doch gerade her!«

»Ein besonderer Menschenschlag hier!«, muss sich der Reisende wohl gedacht haben.

Nun, wir fuhren mit unserem Kaplan hin, und der kannte sich in der Gegend aus. Eine wunderschöne Landschaft übrigens, wie mir heute noch in Erinnerung ist.

Wie üblich übernachteten wir im Heu. Am Morgen, die Nacht war ohne Zwischenfälle verlaufen, packten wir gerade unsere Siebensachen zusammen, als der kleine Eugen seine Nickelbrille absetzte, um ungestörter losheulen zu können.

»Mein Geld ist weg! Jemand hat mein Geld gestohlen!«, jammerte er.

Betretene Gesichter ringsumher. Es stellte sich heraus, dass sein Fünfmarkstück fehlte, das am Abend vorher noch in seiner Hosentasche gesteckt hatte, wie er versicherte.

»Das ist bestimmt ins Heu gefallen«, meinte der Kaplan.

Nun hieß es für uns Buben: Heugabeln her und Heu wenden! Der Bauer war alles andere als entzückt und fluchte trotz Kaplan vor sich hin. Doch schließlich half er mit. Wir schufteten, dass uns der Schweiß in Strömen von der Stirn lief, aber das Geldstück blieb verschollen. Enttäuscht stellten wir unsere Suche ein.

Die Bäuerin versuchte uns mit Tee und Gebäck wieder aufzurichten und unseren Gemütszustand ins Gleichgewicht zu bringen, als der kleine Eugen plötzlich rief: »Ich hab's!«

Wir schauten entgeistert. Dem Bürschchen war inzwischen eingefallen, dass er das Geld am Abend zur Sicherheit in den Rucksack gesteckt hatte. Das jetzt losbrechende Geschrei hätte einem Sioux-Stamm alle Ehre gemacht. Und wäre der kleine Eugen nicht so schmächtig und seine Nickelbrille nicht so empfindlich gewesen, wer weiß, wie die Geschichte noch geendet hätte!

Ob das mehrfach gewendete Heu den Kühen wohl besonders geschmeckt hat?

Flurprozession ins Erdbeerfeld

Ein besonderes Ereignis im Kirchenjahr von St. Peter und Paul war stets das Fronleichnamsfest, an dem Pfarrer und Messdiener in ihren liturgischen Gewändern das Gotteshaus verließen und mit den Gläubigen durch die Straßen der Stadt zogen. Ein Kreuz- und zwei Fahnenträger führten die Prozession an, dahinter folgte die Stadtkapelle, die alljährlich den gleichen Prozessionsmarsch spielte, dann kam der lange Zug der Ministrantenschar, danach der Pfarrer mit dem Allerheiligsten in der Monstranz, wohlbehütet und beschützt durch einen Baldachin, im Volksmund auch Himmel genannt, der von vier Männern des Stiftungsrats getragen wurde. Anschließend kamen die Kommunionkinder, dann die kirchlichen Vereine, angeführt vom Kirchenchor, und schließlich das gemeine Volk.

Liebevoll gelegte Blumenteppiche zierten den Weg und die Altäre an den vier Stationen. Jeder achtete sorgsam darauf, dass er nicht drauftrat, um die herrlichen Motive nicht zu zerstören. Das war nur dem Pfarrer vorbehalten: Hochwürden durfte durch das Blumenmeer waten, da störte sich niemand daran. Ich verstand das nicht so richtig, es war doch schade um die viele Arbeit! Aber ich war ja nur ein kleiner Messdiener.

Noch viel interessanter für mich waren die Flur- und Bittprozessionen, die damals noch an Christi Himmelfahrt und an den Werktagen davor stattfanden. Singend und betend pilgerten die Gläubigen hinaus in die Natur und erflehten dabei gutes Wetter und reichen Erntesegen für die ganze, damals noch bäuerlich geprägte Gegend.

Dass ich mich auf diese Prozessionen besonders freute, hatte einen ganz einfachen Grund, auf den Feldern waren die ersten Erdbeeren reif. Meine Brüder und ich schauten rechtzeitig, dass wir mit Kreuz und Fahnen vorneweg laufen konnten.

In der Verlängerung der Steinstraße bot sich dann eine günstige Gelegenheit. Während sich die anderen Prozessionsteilnehmer bei der letzten Station um den Pfarrer scharten und um eine gute Ernte beteten, lehnten wir Kreuz und Fahnen an einen Zwetschgenbaum und huschten in das Erdbeerfeld auf der anderen Wegseite.

Unsere Ernte fiel gut aus, eine rote Frucht nach der anderen verschwand in unseren Mündern. Frisch gestärkt und energiegeladen stimmten wir in den Lobgesang ein, als es danach zurück in die Kirche ging.

Der vertauschte Sarg

Der Friedhof von St. Peter und Paul lag weit weg von der Kirche. Das bedeutete für Pfarrer, Mesner und die fünf Ministranten bei Beerdigungen jedes Mal einen weiten Fußmarsch, denn Autos waren damals noch Luxusgüter, die sich nur wenige leisten konnten. Hielt mal eines an, wurde der Pfarrer mitgenommen, und wenn Platz war, auch noch der Mesner. Wir Messdiener hatten da kaum mal eine Chance.

»Ihr habt noch junge Beine«, war ein viel zitierter Spruch.

Wir nahmen das mehr oder weniger gelassen hin. Immerhin winkte uns eine kleine Entlohnung, drei Mark für alle fünf zusammen. Geteilt wurde nach einem besonderen System: Je 25 Pfennige für die drei mit den leichteren Gefäßen, Weihwasser, Rauchfass und Schiffchen, 75 Pfennige für den Kreuzträger und die restlichen 1 Mark 50 für den Fahnenträger, der ja auch die größte Last zu schleppen hatte.

Manchmal waren an einem Tag gleich zwei oder drei Beerdigungen in kurzen Abständen hintereinander. In den Pausen dazwischen wärmten sich die Sargträger in ihrem Warteraum auf, vesperten oder nahmen zur Herstellung ihres seelischen Gleichgewichts einen kleinen Schluck aus der Pulle. Der Pfarrer zog sich in seinen eigenen Raum zur Meditation zurück. Nur wir Messbuben wussten nicht so recht, was wir vor Langeweile treiben sollten.

»Wir könnten mal schauen, wer in den Kammern liegt«, schlug Robert vor.

Die Idee war nicht schlecht. Es war nämlich üblich, dass die Toten in den Kammern des Friedhofsgebäudes im offenen Sarg aufgebahrt waren, damit die Angehörigen noch Abschied nehmen konnten. Erst kurz vor der Beerdigung wurden die Särge dann mit langen Holznägeln verschlossen. Zeit genug für uns Buben, in die Kammern zu schleichen und nach den Toten zu schauen. Da wir keinen Bezug zu den Dahingeschiedenen hatten, nahmen wir das recht locker. Wir durften uns nur nicht erwischen lassen.

Übel erwischt hatte es dagegen einmal die Sargträger. Vielleicht hatten sie an diesem Tag zu viele Probleme mit dem seelischen Gleichgewicht gehabt und deswegen ein paar Schlucke zu viel genommen, wer weiß? Jedenfalls bemerkte einer von ihnen nach der Beerdigung, dass sie den falschen Sarg bestattet hatten.

Doch die Sargträger waren harte Gesellen. Nach dem Weggang der Angehörigen tauschten sie die Särge, die sich täuschend ähnelten, einfach wieder aus. Und es wäre auch ihr Geheimnis geblieben, hätte nicht später einmal einer von ihnen am Stammtisch darüber geplaudert. Aber da waren schon längst Blumen auf dem Grab gewachsen.

Von weinenden Frauen und ehrenhaften Nachrufen

Ein besonderes Kapitel im Ministrantenleben stellten die Dienste bei den Beerdigungen auf jeden Fall dar, trugen sich bei solchen Anlässen doch oft heitere Begebenheiten zu, die von den Hinterbliebenen selten wahrgenommen wurden, da sie verständlicherweise mit anderen Dingen beschäftigt waren als wir Messbuben.

Besonders fielen mir die »weinenden Frauen« auf, deren Gesichter ich von jeder Beerdigung her kannte und die kaum jeden Dahingeschiedenen kennen konnten. Sie waren immer da, ganz in Grabesnähe mit verweinten Gesichtern. Ich musste dabei an die weinenden Frauen in der Bibel denken, die zum Weinen und Wehklagen bestellt waren, wie zum Beispiel bei der Erweckung der Tochter des Jaïrus.

Ständig schnäuzten sie sich ins Taschentuch und musterten dabei mit ihren tränennassen Augen die Trauergesellschaft. Auch wir Ministranten hatten hellwache Augen, denn so eine Beerdigung war immer für eine Überraschung gut. Mal war es ein Sargträger, der unvorhergesehen mit dem Sarg ins Straucheln kam, mal war es ein Grabredner, der unfreiwillig Heiterkeit erregte.

Da war jener hoch aufgeschossene Mann, der die ehrbaren Taten des zu Grabe Getragenen rühmte. Er hatte dabei seinen Zylinder aufbehalten, wahrscheinlich wegen der Kälte. Doch als er ihn bei der Kranzniederlegung wohl oder übel lüpfen musste, kam auf seiner Glatze eine sehenswerte Beule zum Vorschein. So nahm es nicht wunder, dass der Zylinder umgehend wieder auf der entblößten Stelle landete.

Oder jener Feuerwehrkommandant, der laut und in militärischem Ton seine Reden zu halten pflegte, dabei andauernd die Jahreszahlen durcheinanderbrachte und mit einem verlegenen »Äh« korrigierte.

»Im Jahre neunzighundert… äh … neunzehnhundertdrei… äh … neunzehnhundertund… äh …«, hörten sich die sprachlichen Verrenkungen an, die manchem ein leichtes Schmunzeln entlockten. Und bei der Kranzniederlegung schlug er die Hacken so zackig zusammen, dass er dabei stolperte und mitsamt dem Blumengebinde im offenen Grab gelandet wäre, hätte ihn der Mesner nicht am Mantelärmel erwischt.

Erhebe dich, du schwacher Geist!

In der Karwoche schwiegen in St. Peter und Paul nicht nur die Glocken vom Gründonnerstag bis zum Karsamstag, auch sämtliche liturgischen Gewänder und Geräte wurden zum Osterfest gereinigt. In diesen Tagen waren wir Messbuben voll in Aktion, vor allem, wenn es galt, die Kelche, Leuchter und Kruzifixe mit Politur und Tüchern auf Hochglanz zu bringen.

In jener Zeit war es nur dem Priester erlaubt, diese Gefäße und Gegenstände mit seinen geweihten Händen anzufassen, Mesner und Ministranten mussten dazu ein weißes Tuch nehmen. Beim Putzen aber durften wir nach Herzenslust zupacken, da schien die Heiligkeit dieser Sachen auf einmal verschwunden zu sein. Ab Ostern waren sie für uns dann wieder sakral bis zur nächsten Karwoche.

Diese Zeit vor Ostern war auch sonst von vielen Aktivitäten geprägt. Tägliche Gottesdienste, Trauermetten und Ministrantenproben ließen keine Langeweile aufkommen. Die feierlichen Liturgien dauerten damals auch noch viel länger als heute und wurden überwiegend in lateinischer Sprache abgehalten, was die Mitwirkung des Kirchenvolkes verständlicherweise einschränkte und es oft in Ehrfurcht erstarren ließ.

Das ging uns Messbuben nicht anders. Doch auf den Karfreitag freuten wir uns besonders. Da standen während der langen Liturgie die Großen Fürbitten auf dem Programm, die vom Pfarrer, Kaplan und dem Geistlichen aus dem Veronikaheim abwechselnd gesungen wurden, auf Lateinisch natürlich.

Nach jeder Bitte sang der Pfarrer laut »Oremus« (Lasset uns beten) und der Kaplan ergänzte »Flectamus genua« (Beuget die Knie). Darauf knieten alle nieder und verharrten in stillem Gebet. Nach einer Weile erlöste sie dann der dritte Geistliche mit seinem näselnd gesungenen »Levate« (Erhebet euch).

So weit, so gut! Da gab es nur ein Problem. Der alte Herr aus dem Veronikaheim hatte beim Erheben solche Mühe, dass ihn Pfarrer und Kaplan nur mit vereinten Kräften in die Höhe ziehen konnten.

»Erhebe dich, du schwacher Geist!«, hätten wir am liebsten gesungen, doch wir wussten nicht die lateinische Version davon.

Aber für uns Messdiener war dieses mühsame Auf und Ab ein köstliches Vergnügen. Trotz der Trauerliturgie konnten wir uns ein leichtes Grinsen nicht verkneifen und lauerten mit diebischer Freude auf den nächsten der insgesamt zehn Kniefälle.

Oliven und ein bischöfliches Frühstück

Die Kirche St. Peter und Paul war mit ihrem imposanten neugotischen Turm schon immer ein herausragendes Bauwerk in der Stadt. Und solch ein großes Gebäude mit seinen fünf Portalen hatte damals noch gewaltige Türschlösser mit riesigen Schlüsseln. Mit diesem Schlüsselbund bewaffnet, brauchte ich mich nicht zu fürchten, wenn ich den Mesner vertrat und beim Morgenläuten die Kirchentüren aufschließen oder spät abends zuschließen musste. Als weitere Waffe hatte ich noch einen Stock mit einem Haken dabei, der zum Öffnen und Schließen der Fensterflügel gebraucht wurde.

Trotzdem war es mir manchmal unheimlich zumute, wenn ich bei diesen Gängen mutterseelenallein im riesigen Kirchenschiff unterwegs war, mit dem Stecken voran in die vier Beichtstühle schaute, immer hoffend, dass sich keiner darin versteckt hielt.

Ja, für Mesner gab es viel zu tun, denn Messen wurden damals noch viele gelesen, nicht nur an Sonn- und Feiertagen. Auch werktags waren immer Gottesdienste und oft an mehreren der fünf Altäre gleichzeitig und das jeweils zweimal täglich.

Aber so ein Dienst konnte manchmal auch recht angenehm sein, nicht nur bei der Prüfung, ob der Messwein die richtige Temperatur hatte. Einmal verhalf mir diese Aushilfstätigkeit in den Sommerferien, der Mesner hatte Urlaub, zu einer unverhofften Vergünstigung.

Ein Weihbischof aus Würzburg weilte in der Stadt und sollte am Nachmittag eine Verwandte trauen. Morgens zelebrierte er in St. Peter und Paul noch eine stille Messe. Wie es sich gehört, hatte die gute Frieda, die Haushälterin im Pfarrhaus, für den Bischof ein fürstliches Frühstück hergerichtet. Doch der hohe Würdenträger war bereits bei der Verwandtschaft im Wort und lehnte daher dankend ab.

»Ach, die vielen guten Sachen, was nun?«, fragte sich die Frieda, zumal auch die örtliche Geistlichkeit mit anderen Terminen beschäftigt war.

So fragte sie schließlich mich, den einfachen Aushilfsmesner, ob ich nicht etwas Hunger hätte. War das eine Frage! Hunger hatte man damals immer, und so kam ich in den unverhofften Genuss, den bischöflichen Platz einnehmen zu dürfen. Was ich sah, verschlug mir die Sprache, aber zum Glück nicht den Appetit! Wurst- und Käseaufschnitt am frühen Morgen! Alles köstlich hergerichtet und garniert! Ich fühlte mich wie im Schlaraffenland. Sogar Oliven gab es, die kannte ich bisher nur von Abbildungen.

Ich langte kräftig zu und genoss das üppige Mahl in vollen Zügen. Reichlich gesättigt machte ich mich dann auf den Heimweg und ließ eine zufrieden lächelnde Frieda zurück.

Weihwasser für alle

In meiner Heimatstadt gab es nicht nur die neugotische Kirche St. Peter und Paul, in der meine Brüder und ich Messdiener waren, sondern auch die barocke Kirche St. Maria und die Klosterkirche Maria Hilf. Dazu kam noch die Johanneskirche der evangelischen Gemeinde.

Oma wohnte im Stadtteil Kappelwindeck und ging deshalb in St. Maria zum Gottesdienst. Wenn ich sie besuchte, durfte ich auch mit.

Damals wirkte dort noch ein Pfarrer, dessen äußerliche Erscheinung ungewöhnlich war. Sein imposanter Bart reichte bis zum nicht weniger markanten Bauch hinab, den die Soutane kaum verbergen konnte. Und auf dem Kopf thronte ein riesiger, schwarzer Hut mit einer überbreiten Krempe. Dazu besaß er ein Stimmorgan, das bei der Predigt das Kirchenschiff ohne Mikrofon erbeben ließ.

Wehe, ein Ministrant vorne im Chorraum oder ein Bürschchen in den vorderen Bänken störte die Worte des Geistlichen! Flugs eilte er die Stufen von der Kanzel hinab, sauste vor und schüttelte den Störenfried so vehement, dass dieser auf keine dummen Gedanken mehr kam. Dann schritt er die Stufen wieder hoch und setzte seine Predigt fort. Filmreif waren die Szenen allemal!

In dieser bäuerlich geprägten Kirchengemeinde war es seit Generationen Sitte, dass die Männer während der sonntäglichen Messe draußen auf dem Vorplatz unter der mächtigen Linde blieben und sich dort über die tägliche Arbeit und kommunalpolitische Themen unterhielten. Sobald aber die Glocke zur Wandlung läutete, stellten sie sich hintereinander außen an der Kirchenmauer entlang auf, senkten die Köpfe, bekreuzigten sich und verharrten so, bis die Glocke verstummte. Danach kehrten sie zur Linde zurück und setzten ihre Gespräche fort.

Eines Sonntags aber brachte ein auswärtiger Kaplan, der aus dem Norden Deutschlands kam, diese angestammten Privilegien gehörig durcheinander. Wie damals noch üblich, schritt er vor Beginn des Gottesdienstes mit dem Weihwasserpinsel durchs Kirchenschiff, tauchte das Gerät immer wieder in den Weihwasserkessel, mit dem ein Messdiener nebenhereilte, und teilte den wasserreichen Segen nach allen Seiten aus.

An diesem Tag war es ziemlich heiß, und so stand das Kirchenportal weit offen. Als der Kaplan hinten angekommen war und durch die offene Tür die Bauern draußen erblickte, schritt er ohne zu zögern hinaus, spritzte das kühle Nass über ihre Köpfe hinweg und rief: »Auch für euch, meine Söhne, hat der Gottesdienst begonnen!«

Die Bauern waren so verblüfft, dass es ihnen für den Rest der sonntäglichen Messe die Sprache verschlagen hatte. Dafür ging es dann im Wirtshaus anschließend umso lebhafter zu.

Sprachschwierigkeiten

Bevor ich Messdiener in St. Peter und Paul wurde, war ich als Kind mit Oma oft beim sonntäglichen Gottesdienst in St. Maria. Oma betete fleißig und so hatte ich viel Zeit, meine Augen umherschweifen zu lassen, damit mir ja nichts entging.

Besonders achtete ich auf Dinge, die für einen frommen Kirchenbesucher unwichtig sind, aber das Gehirn eines kleinen Buben beschäftigen. Es fiel mir auf, dass der Pfarrer seine lateinischen Gebete nur mit Mühe hervorbrachte und andauernd Pausen einlegte. Sollte er am Ende die Kirchensprache nicht beherrschen? Ich blickte zu Oma hoch, aber sie zeigte keine Reaktion.

So beschränkte ich mich weiter aufs Beobachten. Dabei machte ich eine eigenartige Entdeckung. Sobald der Geistliche die lateinischen Texte sang, klang alles so flüssig und fehlerlos.

»Vielleicht hat er die fremde Sprache nur singen gelernt?«, flüsterte ich Oma zu.

Doch die sah mich verständnislos an.

»Sei still und bete!«, zischte sie.

Von der Predigt bekam ich nicht viel mit. Sie wurde zwar in deutscher Sprache gehalten, denn ab und zu verstand ich ein Wort, aber das Radebrechen war nicht viel besser als vorher bei den lateinischen Texten.

Nach der Messe erklärte mir Oma auf meine vielen Fragen, dass der Herr Pfarrer einen Sprachfehler habe, für den er nichts könne, und meinte dann, ich solle doch gefälligst meine vorlauten Bemerkungen unterlassen.

Ich nahm mir vor, das nächste Mal andächtiger zu sein. Doch so sehr ich mir auch Mühe gab, es gelang mir nicht. Schuld daran war ein älterer Mann, der gegen Schluss einer Andacht bei der Allerheiligenlitanei als Vorbeter fungierte und große Schwierigkeiten hatte, die Namen der genannten Heiligen richtig auszusprechen. Vielleicht hatte er die falsche Brille dabei, denn er bat einige Male Heilige um Hilfe, von denen ich noch nie gehört hatte. Bei einem fast unaussprechlichen Namen verhaspelte er sich derart, dass er verzweifelt aufgab.

»Soll heißen, wie er will, sagt: ›Bitte für uns‹!«, entfuhr es ihm schließlich.

Und die Gemeinde tat ihm den Gefallen.

»Bitte für uns«, murmelte das Volk.

War ja auch nicht so wichtig, irgendein Heiliger würde sich schon erbarmen!

Vom Schüler zum Lehrer – Heitere Schulgeschichten

»Lehrer sollte man sein!«, rief der Elektriker jedes Mal, wenn er von einer Baustelle zur nächsten hetzte und mich außerhalb der Schule antraf.

»Wenn ich das nächste Mal auf die Welt komme, werde ich auch Lehrer!«, begrüßte mich der Schuhmacher bei jeder Begegnung im Dorf.

»Schon Feierabend?«, grinste der Bauer, wenn ich nach dem Vormittagsunterricht am Hof vorbeiging.

Die Reihe solcher Aussprüche ließe sich beliebig weiterführen. Sie kamen mir aber immer nur dann zu Ohren, wenn ich nicht in der Schule war. Wenn mir dort jemand begegnete, waren ganz andere Töne zu hören.

»Gott sei Dank ist wieder Schule!«, seufzte manche geplagte Mutter, wenn sie ihren Sprössling nach den Ferien wieder mir anvertrauen konnte.

Der lustigste Spruch entfuhr einem italienischen Bauarbeiter, der mit einer Kabeltrommel in die Schule kam und eine Steckdose suchte. Er blickte sich im Klassenzimmer um und lobte die angenehme Wärme im Raum.

»Wir können ja mal tauschen«, bot ich an, »etwas frische Luft täte mir gut.«

»Oh, nix gut hier, lieber wieder auf Baustelle!«, wehrte er ab und machte, dass er fortkam.

Sprüche hin, Sprüche her! Ich wollte Lehrer werden.

Kinder dort abzuholen, wo sie in ihrer Entwicklung gerade standen, ihre Talente zu erkennen und zu fördern, das war mein Anliegen. Und ist es nicht genauso wichtig, den Kindern die Freude am Lernen zu erhalten?

Umzug in die Lessingstraße

Das Lehrerabenteuer begann mit der Einschreibung ins Sommersemester 1964 an der Pädagogischen Hochschule in Karlsruhe. Es war schon ein besonderes Jahr, denn zum letzten Mal war es möglich, das Lehrerstudium in vier Semestern zu schaffen. Und das war nicht unerheblich, wenn man sich das Studium als Werkstudent in den Ferien verdienen musste.

Doch mit dem Einschreiben war es nicht getan. Ich musste auch noch ein Zimmer finden, möglichst in der Nähe der PH und dazu noch bezahlbar. Und wie es der Zufall wollte, ging ich gerade am Schwarzen Brett vorbei, als ein Hochschulabgänger einen Zettel anheftete, auf dem er einen Nachmieter für sein Zimmer suchte. Siebzig Mark Kaltmiete sollte es kosten, das schien mir bei meinem Budget von 250 Mark monatlich erschwinglich. Ich griff sofort zu. So war uns beiden gedient, er war das Zimmer los und ich hatte eine Bleibe.

Bald zog ich mit Sack und Pack in die Karlsruher Lessingstraße ein, in ein geräumiges Zimmer im dritten Stockwerk mit einem großen Tisch in der Mitte, einem Schrank, einem

Eisenbett, einem eisernen Kanonenofen und einer Kommode mit einem Lavabo.

Das Lavabo war die Waschgelegenheit mangels fließenden Wassers. Es bestand aus einer Waschschüssel und einem Krug mit kaltem Wasser, beides aus Keramik. Neben der Kommode stand ein Blecheimer für das Schmutzwasser.

In der ersten Nacht schlief ich lange nicht ein. Ich hörte Radio, bis das Programm um Mitternacht mit der Nationalhymne endete. Schließlich gelangte ich doch noch ins Land der Träume, aus denen ich durch einen natürlichen Harndrang gerissen wurde. Ein Schrecken durchfuhr mich und ließ mich hellwach werden. Wo war das Klo? Ich hatte ganz vergessen, beim Einzug danach zu fragen. Im Gang draußen waren drei Türen. Eine führte zum Schlaf- und Wohnzimmer der Vermieterin, eine in die Küche und eine ins Treppenhaus. Eine Tür zur Toilette war nicht auszumachen.

Was tun? In meiner höchsten Not pinkelte ich in den Eimer neben der Kommode mit dem Lavabo. Dann schlummerte ich erleichtert dem Morgen entgegen.

Als ich am nächsten Tag von der Hochschule ins Zimmer kam, passte mich die Wirtin ab und meinte etwas angesäuert: »Junger Mann, wenn Sie das Klo suchen, im Treppenhaus einen halben Stock tiefer, gell?«

»Ich werd's mir merken«, stammelte ich und machte, dass ich in mein Zimmer kam.

Familienanschluss inbegriffen

Im Mietpreis für mein Zimmer in Karlsruhe war ein Kännchen Kaffee am Morgen inbegriffen. So hatte ich immer etwas Warmes im Magen, wenn ich zur Hochschule pilgerte. Dieses Privileg hatte nicht jeder Studierende. Ob es sich bei der hellen Brühe um Bohnenkaffee handelte, wurde mir nie klar. Aber immerhin war sie heiß, und Herzrasen bekam ich auch nicht davon.

Auch sonst war die Vermieterin großzügig. Wenn sie vom Essen etwas übrig hatte, stellte sie es mir ins Zimmer. Und was von großem Vorteil war: Ich durfte ihre Küche mitbenutzen. So konnte ich Tee kochen, Würstchen heiß machen oder eine Päckchensuppe anrühren. Und zu meinem Glück war sie im Besitz einer Abonnementkarte für das Badische Staatstheater. Da sie schon über siebzig war und die Termine nicht immer wahrnehmen konnte, kam ich des Öfteren in den Genuss, ein Schauspiel, eine Oper oder eine Ballettaufführung erleben zu dürfen.

Es waren schöne Abende für mich, und darum drückte ich auch ein Auge zu, wenn der Familienanschluss hie und da zu intensiv wurde. So fand ich eines Tages in der Schublade meines Tisches eine fremde Brille. Ich lieferte sie bei der Wirtin ab.

»Ja, wie kommt denn die in Ihre Schublade?« Sie tat ganz überrascht. »Die hab ich schon den ganzen Nachmittag gesucht.«

Mich wunderte das weniger. Ich hegte schon länger den Verdacht, dass sie in meiner Abwesenheit ihre Neugier nicht zurückhalten konnte. Oder wollte sie nur in Ruhe in meinem Zimmer die Zeitung lesen?

Dafür war meine Überraschung umso größer, als ich in den Semesterferien, die ich bei meinen Eltern in Bühl verbrachte und im UHU-Werk arbeitete, an einem Wochenende in mein Karlsruher Zimmer wollte. Die Miete zahlte ich ja auch in der Ferienzeit weiter.

Da lag doch tatsächlich jemand in meinem Bett!

»Hallo, wen haben wir denn da?«, fragte ich verwundert, als auch schon die Vermieterin auftauchte und erschrocken die Hände vors Gesicht schlug.

»O je, ich dachte, Sie sind in Ferien!«, rief sie und blickte ganz verdattert drein.

Dann versuchte sie, das Rätsel aufzulösen. Eine Nichte sei zu Besuch gekommen und sie habe sie kurzerhand in mein Zimmer einquartiert.

»Ist schon gut«, schluckte ich, »ich wollte eh nur kurz was holen.«

Das schlechte Gewissen schien meine Vermieterin aber doch zu plagen. Denn fortan bekam ich ihre Theaterkarte noch öfter als bisher.

Der qualmende Kanonenofen

Der erste Winter kam und ich musste mich um Brennmaterial für den eisernen Kanonenofen in meinem Zimmer kümmern. Holz, Kohlen und Briketts konnte ich im Keller meiner Wirtin lagern. Ein Beil und einen Spaltklotz für das Anfeuerholz gab es dort auch.

Beim ersten Kälteeinbruch war ich gut gerüstet. Ich füllte den Ofen und zündete ein Feuer an. Es schien alles zu klappen. Doch ich hatte die Rechnung ohne den Ofen gemacht. Wie konnte ich ahnen, dass sich die Spalten zwischen den kalten Eisenplatten bei der Erwärmung erst langsam schließen. Bis das geschah, qualmte der Rauch aus allen Fugen und ich kam mir vor wie der Heizer auf einer Dampflok der Schwarzwaldbahn.

Bald war von der Zimmereinrichtung nichts mehr zu sehen. Ich riss die Fenster weit auf, um dem beißenden Rauch eine Abzugsmöglichkeit zu schaffen. Hoffentlich alarmierte keiner die Feuerwehr, wenn er den Qualm entdeckte, denn unten führte die Straße vorbei.

Was sollte ich jetzt tun? Wenn ich im Zimmer blieb, riskierte ich eine Rauchvergiftung. Also ließ ich den Ofen rauchen und schlenderte in die Stadt. Ein Besuch des Nonstop-Kinos mit den lustigen Kurzfilmen, eine Einkehr in einem Kaufhausrestaurant und der Einkauf von ein paar Lebensmitteln standen auf dem Programm.

Dann wagte ich mich in die Räucherhöhle zurück. Und siehe da, das Wunder war geschehen! Kein Qualm mehr, kein Gestank! Klare Luft! Aber kalt war's im Zimmer. Schnell schloss ich die Fenster. Zum Glück war noch Glut im Ofen. Bald knisterte neues Holz darin, Kohlen spendeten die nötige Hitze und ein paar Briketts speicherten die angenehme Wärme dann bis in den späten Abend hinein.

Von diesem Tag an war der Kanonenofen in Schuss. Die Fugen waren dicht. Jetzt konnte der Winter kommen.

Ziegenkopf und Ochsenaugen

In meiner Studienzeit wurde man noch als Volksschullehrer ausgebildet. Es standen alle theoretischen und praktischen Fächer auf dem Programm, unter anderem auch Biologie. Da hatten wir einen Dozenten, der sein Augenmerk besonders auf die praktische Umsetzung der zu behandelnden Themen setzte.

Dieses an und für sich löbliche Unternehmen kann sich aber auch mal als Bumerang erweisen, was einer Studienkollegin zum Verhängnis wurde. Bei einer Lehrprobe an einer Karlsruher Schule hatte sie die Ente als Unterrichtsthema. Besagter Dozent empfahl ihr natürlich, den Kindern ein lebendes Exemplar zu präsentieren. Jemand besorgte ihr auch eines, doch die Studentin kannte sich im Umgang mit dem Federvieh nicht aus.

Kaum hatte sie im Klassenzimmer die Ente aus dem Korb genommen und aufs Pult gesetzt, flatterte der verstörte Vogel davon und sauste wild umher. Einfangen hieß jetzt die Devise, und bald rannte alles, was Beine hatte, durchs Zimmer. Es herrschte völliges Chaos.

Erst als der Hausmeister von einigen Kindern zu Hilfe geholt wurde, gelang es schließlich, die Ente wieder in ihren Korb zu verfrachten. Die Stunde aber war gelaufen.

Einmal mussten wir uns mit dem Auge befassen. Um sämtliche Bauteile genau kennenzulernen, brachte unser Dozent vom Schlachthaus einen Eimer voll Ochsenaugen mit, die wir nun im Unterricht fein säuberlich sezieren, das heißt anatomisch zerlegen mussten. Doch Theorie und Praxis vertragen sich nicht immer. Nicht wenigen wurde dabei speiübel und mancher verließ fluchtartig den Tatort.

Als Prüfungsaufgabe sollte ich einen Ziegenkopf präparieren, also von allen Fleischteilen befreien, so dass nur noch die nackten Knochen übrig blieben. Wie sollte ich das anstellen? Mein Bruder Edgar hatte die rettende Idee.

»Wozu gibt es Waldameisen?«, meinte er. »Die erledigen das für dich.«

So steckten wir den Ziegenkopf in einen riesigen Ameisenhaufen im Wald und harrten der Dinge, die da kommen sollten. Und siehe da, das Vorhaben glückte! Nach ein paar Tagen hatten wir einen bestens präparierten Schädel in den Händen, was mir eine gute Note einbrachte.

Noch heute blicke ich ehrfürchtig auf jeden Ameisenhaufen, dem ich beim Waldspaziergang begegne.

»Ein fleißiges Volk, diese Ameisen!«, flüstere ich dabei dankbar vor mich hin.

Willkommene Abwechslungen

Die zwei Jahre in der Pädagogischen Hochschule waren wegen der kurzen Studienzeit ausgefüllt mit Vorlesungen am Vormittag und Übungen am Nachmittag, oft bis in den späten Abend hinein. Trotzdem blieb etwas Freizeit. Und abends bot Karlsruhe einiges, was ich bisher nicht kannte: Zehn Kinos, mehrere Theater, Kabaretts, und einmal traute ich mich sogar mit meinen Studienkollegen Hans und Wiethold in eine Nachtbar mit Striptease. Die Sektflasche für 27 Mark teilten wir auf.

Auch in der Hochschule war nicht jeder Tag gleich. Manchmal gab es Aufführungen des Studentenchors, günstige Studienfahrten und hin und wieder einen Gastvortrag im Festsaal der Ingenieursschule nebenan, weil unsere Räume dafür zu klein waren.

Einmal stand ein interessanter Redner vorne am Pult. Über welches Thema er sich ausließ, weiß ich heute nicht mehr. Aber eines ist mir noch in bester Erinnerung geblieben, sein Gehabe mit dem Stofftaschentuch während des Vortrags.

Ab und zu unterbrach der Gastprofessor seinen Redefluss, schnäuzte sich in das Taschentuch hinein und fuhr anschließend damit über Stirn und Halbglatze, um sich die Schweißperlen abzuwischen. Ein herrliches Schauspiel! Ich schaute fasziniert zu. Das Thema wurde zur Nebensache.

»Hast du das gesehen?« Ich schubste meinen Nachbarn an.

»Ich amüsiere mich schon die ganze Zeit«, flüsterte er zurück.

Es war spaßig. So wurde die Pflichtübung für uns noch zu einer unterhaltsamen Nachmittagsvorstellung.

Eine willkommene Abwechslung war auch der Kurs in Sprech- und Atemtechnik, der damals für jeden Lehramtsstudenten Pflicht war. Viele nahmen die Sache nicht so ernst und feixten, wenn der Schauspieler aus dem Badischen Staatstheater die Übungen vormachte. Einige konnten es sich nicht verkneifen, lauthals mit ihren spöttischen Bemerkungen den armen Mann zur Weißglut zu treiben.

Mich haben Schauspieler immer fasziniert und ich dachte, dass diese Stimmbildung bestimmt von Nutzen sein müsse. Ja, ich war sogar so überzeugt, dass ich später extra noch einen Wochenendkurs bei einer Schauspielerin des Ulmer Theaters belegte. Diese Ausbildung kam mir später in der Schule sehr zugute.

Und mancher Vortragende hätte ganz gewiss mehr Resonanz und käme bei den Zuhörern besser an, wenn er von Atemtechnik, Stimmbildung und Vortragskunst ein wenig mehr Ahnung hätte!

Kann ich ein Glas Wasser haben?

Jedes Studium endet mit einer Prüfung, für mich war das damals die 1. Prüfung für das Lehramt an Volksschulen. Neben etlichen Klausuren mussten auch einige mündliche Prüfungen bewältigt werden, so zum Beispiel in Historischer Pädagogik. Der Prüfungstag kam. Eine Studienkollegin, die in der Nähe wohnte, hatte ebenfalls Termin und wollte mich mit ihrem Auto von Bühl nach Karlsruhe mitnehmen.

Wie verabredetet stand ich vor dem Haus und wartete. Die Zeit verstrich und niemand kam. Ich wurde nervös. Es war klar, wenn ich den Termin verpasste, war die Prüfung gelaufen und ein Semester verloren. Telefonieren brachte nichts, es meldete sich niemand. Handy gab's noch nicht. Wie sollte ich nach Karlsruhe kommen?

Als ich schon alle Hoffnung fahren ließ, brauste sie plötzlich heran.

»Du hast Nerven! Wo bleibst du denn?«, japste ich und stieg ein.

Im Losfahren erklärte sie mir, dass ihr Freund so spät mit dem Auto gekommen sei. Wir rasten nach Karlsruhe, was der Karren hergab. Um halb drei sollte ich dran sein. Genau um die Zeit kamen wir an. Ich sauste die Treppe zum zweiten Stock hoch, jagte den Gang hinter zum Prüfungszimmer, da ging auch schon die Tür auf und ich wurde aufgerufen.

Vollkommen außer Atem kam ich ins Zimmer, setzte mich und brachte kein Wort heraus. Der Mund war vor Aufregung total ausgetrocknet und die Zunge klebte fest.

»Kann ich ein Glas Wasser haben?«, lallte ich mit Mühe.

Die Professorin, die den Vorsitz hatte, war bei den Studierenden wegen ihrer Strenge gefürchtet. Ich erwartete einen Vulkanausbruch. Doch es kam ganz anders.

»Haben Sie das gehört, meine Herren?«, rief sie ihren zwei Beisitzern zu. »Er will ein Glas Wasser haben.«

Ich sah meine Felle davonschwimmen.

»Das habe ich in meiner ganzen Dienstzeit noch nicht erlebt«, fuhr sie fort und lachte laut, »holen Sie dem jungen Mann ein Glas!«

Ich musste einen verborgenen Mutterinstinkt in ihr geweckt haben, obwohl sie keine Kinder hatte, wie ich zu wissen glaubte. Jedenfalls prüfte sie mich so behutsam und fürsorglich, dass ich meine Form wiederfand und die Antworten auf ihre Fragen wusste.

Eine andere Prüfung wäre aber ums Haar schiefgelaufen. An der Hochschule hatten wir zwei Dozenten für das Fach Psychologie, die sich untereinander spinnefeind waren. Der Professor, bei dem ich die Vorlesungen besucht hatte, war krank geworden, und so prüfte der andere Dozent auch dessen Studenten.

Es war ein Fiasko. Der Sadist wollte wohl beweisen, dass wir bei unserem Professor nichts gelernt hatten. Er stellte also durchweg Fragen über Themen, bei denen er wusste, dass wir darin nicht so firm waren.

Das Ergebnis war niederschmetternd. Alle, die vor mir an der Reihe waren, kamen niedergeschlagen und teils mit Tränen in den Augen aus dem Prüfungszimmer.

Als ich aufgerufen wurde, kam mir ein Spruch aus der »Göttlichen Komödie« des italienischen Dichters Dante Alighieri in den Sinn: »Lasst, die ihr eintretet, alle Hoffnung fahren!«

Und so verlief auch die Prüfung. Mein Spezialwissen wollte der Dozent gar nicht hören. Es kamen nur Fragen, auf die ich keine Antworten hatte. Ich glaubte, ein triumphierendes Grinsen im Gesicht des Prüfers bemerkt zu haben, und wollte mich schon mit Dante trösten, als ich plötzlich einen Strohhalm im Strudel erwischte.

»Bei unserem Kandidaten scheint unser Kollege Ebbinghaus mit seiner Vergessenskurve richtig zu liegen«, sagte der Vorsitzende zu seinen Beisitzern.

»Ebbinghaus, den kenne ich!«, rief ich schon fast verzweifelt.

Im Gymnasium hatte ich einmal ein Referat über den deutschen Psychologen Hermann Ebbinghaus halten müssen. Über die nach ihm benannte Vergessenskurve wusste ich noch so viel, dass der Mensch schon nach 20 Minuten nur noch 60 Prozent des Gelernten weiß, nach einem Tag noch 30 Prozent und nach einer Woche noch 25 Prozent. Diese Weisheiten versuchte ich jetzt loszuwerden.

»Ein Lichtblick, meine Herren, ein Lichtblick in der Finsternis!«, rief der Prüfer und zeigte sich gnädig.

Nie im Leben war ich mit einer »Vier« glücklicher. Ich hatte bestanden. Meiner Zukunft als Lehrer stand nichts mehr im Weg.

Eine steinreiche Gegend

Die Volksschule in Buchheim sollte nach dem Willen des Oberschulamts meine erste Wirkungsstätte werden. Ich hatte keine Ahnung, wo dieser Ort lag.

Personal Computer und Internet waren damals noch unbekannt, im Lexikon wie im Atlas suchte ich vergeblich. In einem alten Heimatkundebuch aus der Vorkriegszeit fand ich schließlich eine Beschreibung der Gegend: Karge, steinige Böden mit geringem Ertrag, allenfalls als Schafweiden geeignet, ein raues Klima, das auch die Menschen dort prägt.

Das klang ziemlich abenteuerlich. So wunderte ich mich nicht, als mein Oberlehrer, der mich mit seinem alten DKW in Meßkirch am Bahnhof abgeholt hatte, unterwegs immer wieder versicherte, dass mich der erste Eindruck von dem kleinen Ort nicht hoffnungslos machen solle und dass man es dort aushalten könne.

Ich freute mich auf meine erste Lehrerstelle und versuchte ihm das zu erklären. Mit der Zeit schien er es mir zu glauben.

»Wissen Sie«, seufzte er, »vor Ihnen waren schon zwei Lehrerinnen da, die beide nicht geblieben sind. Die eine stieg nicht einmal aus, die andere gleich wieder ein.«

Bei mir war diese Angst unbegründet. Ich hatte fest vor zu bleiben. Nur musste für mich eine Unterkunft gefunden werden.

Im Schulhaus gab es neben der Wohnung für den Oberlehrer noch ein Zimmer für einen Unterlehrer, das aber schon belegt war. Also quartierte man mich vorläufig ins örtliche Wirtshaus ein.

In der ersten Nacht tat ich kein Auge zu, einmal vor Aufregung wegen meines ersten Schultags, der mich erwartete, vor allem aber wegen des kalten Bettes, in dem noch die Winterfeuchte steckte. Es war Ende April, der Winter war lang und rau gewesen, und eine Heizung hatte die Dachkammer nicht.

So schlotterte ich, mich hin und her wälzend, dem Morgen entgegen, dem ersten Morgen an meiner ersten Stelle.

Ruhig Blut bewahren!

Als frischgebackener Junglehrer hat man stets den im Studium gelernten Aufbau einer guten Unterrichtsstunde im Hinterkopf. Unerwartete Unterbrechungen oder gar mittlere Katastrophen sind da nicht vorgesehen, können sich aber schneller ereignen, als man denkt.

Die alte Schule in Buchheim stammte aus dem Jahr 1835 und war inzwischen in die Jahre gekommen. Die Fenster schlossen nicht mehr dicht, das Mauerwerk zeigte beängstigende Risse und die geölten Fußbodendielen knarrten und hatten Löcher. So kam es öfters vor, dass da und dort eine Maus herauskrabbelte, durchs Klassenzimmer lief und nach etwas Essbarem Ausschau hielt.

»Eine Maus!«, kreischte es dann vielstimmig.

Alles kletterte auf die Bänke, schrie, klatschte, lachte, je nach Sicht der Dinge, und das Unterrichtskonzept war Makulatur.

Ja, die Bänke! Es waren alte Zweierbänke mit schrägem Pult und einem Tintenfass in der Mitte, wie man sie heute nur noch aus dem Museum kennt. Die ganze Reihe war fest miteinander verbunden, so dass man beim Aufstehen seitlich heraustreten musste. Ein lockeres Sitzen oder gar Schaukeln wie auf den heutigen Stühlen war da nicht möglich. Mitten im Unterricht, wir übten gerade das Einmaleins, quälte sich ein Mädchen in die Höhe und meldete sich. Ihr kreidebleiches Gesicht ließ nichts Gutes erahnen. Kaum hatte sie mühsam die Worte »Mir ist schlecht« von sich gegeben, übergoss auch schon ein gewaltiger Schwall ihres Mageninhalts die drei Schulbänke davor.

Mit wildem Gebrüll sausten die Getroffenen heraus. Jetzt hieß es für mich ruhig Blut zu bewahren. Das kranke Mädchen wurde von ihrer Banknachbarin nach Hause geleitet, wer was abbekommen hatte, wusch sich draußen am Brunnen, dann wurden Bänke, Bücher, Hefte und Ranzen gesäubert, so gut es ging.

Zum Glück hatte der Bauer in der Nachbarschaft am Vorabend Holz gesägt. So konnten wir Sägemehl holen, den Boden bestreuen und nach einer Weile den inzwischen getrockneten Brei zusammenfegen.

Im Einmalseins waren wir nicht weit gekommen, aber Unterricht in Chaosbewältigung war sicher auch nützlich fürs Leben.

Reisig aus der Schonung

Zu einer stimmungsvollen Adventszeit gehört auch ein Adventskranz. Ein prächtiges Exemplar sollte deshalb unser Klassenzimmer schmücken.

»Den machen wir selber, das gibt ein Projekt für die ganze Klasse«, verkündete ich.

Die Kinder waren begeistert. Doris wollte den Holzreifen bringen, Walter das Stroh und Marlene den Blumendraht, fehlte nur noch das Tannenreisig.

»Das können wir doch zusammen im Wald holen«, schlug Klaus vor.

Die Idee wurde ohne Gegenstimme angenommen.

Um halb zwei stand die ganze Meute mit einem Leiterwagen vor dem Haus und es konnte losgehen, hinaus in den Wald zu dem Platz, den mir der Förster genannt hatte. Ich sägte einige Äste ab und die Kinder füllten damit den Wagen. Im Triumphzug ging es dann zurück in die Schule.

Zuerst schnitten die Buben und Mädchen mit den Gartenscheren kleine Zweige vom Reisig ab. In der Zeit umwickelte ich den Reifen mit Stroh. Nach kurzer Unterweisung hatten die Kinder schnell begriffen, wie sie die Tannenzweige drumherumbinden mussten. Sie konnten es kaum erwarten, bis sie an der Reihe waren.

Doch o Schreck! Mitten in der Arbeit merkten wir, dass es mit dem Tannengrün zu Ende ging. Wir hatten zu wenig besorgt. Genauer gesagt, wir hatten zu viel Abfall, denn das Reisig war nicht gerade von bester Qualität.

»Wir holen nochmal«, sagte Erich, »wir kennen den Weg.«

Ich war einverstanden. Die Kinder kannten sich aus und rings um die kleine, bäuerlich geprägte 600-Seelen-Gemeinde mit nur einer geteerten Straße, auf der nur dienstags ein Bus von Stockach nach Stetten am kalten Markt und wieder zurück verkehrte, lauerte kaum Gefahr.

Also machten sich die Buben mit dem Leiterwagen auf den Weg, während die Mädchen am Adventskranz weiterarbeiteten.

Es dauerte nicht lange, da kamen die Expeditionsteilnehmer mit ihrer Beute zurück. Ich staunte nicht schlecht, war das Material doch weitaus schöner und frischer als unsere erste Fuhre. Aber ich hegte keinen Verdacht, als ich in die braven Gesichter blickte.

Bald war der Adventskranz fertig gebunden. Und mit den roten Kerzen und Bändern versehen, die ich dazu gestiftet hatte, sah er prächtig aus. Besonders der letzte Teil vor der vierten Kerze leuchtete in saftigem Grün.

Einige Tage später hörte ich zufällig, wie ein Bauer in der Nachbarschaft mit dem Förster diskutierte.

»Wenn ich den erwische, der in meiner Schonung an den Bäumen herumgesägt hat, den schlag ich windelweich!«, brüllte er so laut, dass es nicht zu überhören war.

Für einen Augenblick dachte ich an meine Buben und das frische Reisig. Aber dann verwarf ich den Gedanken wieder.

»Bei den braven Gesichtern!«, sagte ich mir und lächelte insgeheim.

Glück im Unglück

Der erste Winter kam. Ein Winter auf den rauen Höhen des Heubergs ist schon ein wenig schneereicher, kälter und stürmischer als in der klimabegünstigten Rheinebene. Und mit einem Auto auf glatten Straßen hatte ich auch noch keine Erfahrung.

An einem Nachmittag war in der Kreisstadt Stockach eine Fortbildungstagung angesetzt. Es regnete, ein kalter Wind blies und zum Abend hin hatte der Wetterbericht Schnee gemeldet. Vorsorglich packte ich die Winterreifen in den Kofferraum, man konnte ja nie wissen!

Während der Tagung blickte ich immer ängstlicher aus dem Fenster. Dicke Schneeflocken fielen vom Himmel und bedeckten die Landschaft mit einem weißen Kleid.

»Hoffentlich komme ich da gut den Heuberg hinauf«, murmelte ich vor mich hin.

Mit gemischten Gefühlen stieg ich ins Auto. Anfangs ging es auch recht gut vorwärts. Doch je höher ich kam, desto höher lag der Schnee auf der Straße. Ich nahm mir vor, an der nächsten Tankstelle in Krumbach die Winterreifen montieren zu lassen. Doch so weit kam ich nicht mehr. Kurz vor der Ortschaft war meinem Wagen plötzlich nach Tanzen zumute. Im Schneewalzertakt drehte er sich schneller und schneller, und ehe ich reagieren konnte, sauste er die Böschung hinunter und kam zwischen zwei Bäumen zum Stehen.

Schreckensbleich entstieg ich dem Unglücksfahrzeug. Welch ein Glück! Fahrer und Wagen waren heil geblieben. Auf der Straße oben hielt ein Auto an. Ein Mann kurbelte die Scheibe herunter.

»Na, ausjerutscht, wat?«, lachte er schadenfroh und fuhr weiter.

»So ein Flachlandtiroler!«, schimpfte ich vor mich hin.

Am liebsten hätte ich ihm ein Dutzend Schneebälle nachgeworfen, aber das hätte auch nicht geholfen. Also stapfte ich zu Fuß ins Dorf, an dessen Ende es eine Tankstelle gab. Bald war auch ein Traktor aufgetrieben, der meinen armen Schlitten auf die Fahrbahn und zur Werkstatt zog. Dort wurden die Winterreifen montiert und ich konnte meine Fahrt fortsetzen.

Ich war innerlich fast schon wieder im Gleichgewicht, als mir plötzlich einfiel, dass ich meiner Zimmerwirtin, dem alten Fräulein Rosa, versprochen hatte, sie und ihre Arbeitskollegin am Abend vom Friseur im benachbarten Neuhausen ob Eck abzuholen. Also steuerte ich das Gefährt in diese Richtung, um die kostbare Fracht einzuladen. Doch die Vögel waren schon ausgeflogen. Des Wartens müde, hatten sie sich trotz Schneegestöbers zu Fuß auf den Weg gemacht.

Mit einem Blick, der ein ganzes Bataillon hätte töten können, empfing mich das Fräulein Rosa. Doch bevor sie die ersten Giftpfeile abschießen konnte, berichtete ich von meinem Missgeschick. Da war aller Ärger bei ihr verflogen und hatte der Sorge um mein Wohlbefinden Platz gemacht.

»So ein Unglück!«, jammerte sie. »Was hätte da alles passieren können!«

Ihre Arbeitskollegin war da nachtragender. Sie verzieh es mir lange nicht, dass ihre frisch gestylte Dauerwelle beim winterlichen Fußmarsch gelitten hatte.

»So ein Unglück!«, jammerte auch sie, als sie in den Spiegel sah.

Ein ländliches Taxi

Unsere Schule hatte damals zu wenig Schüler für die Einrichtung von Jahrgangsklassen. Deshalb wurden die Kinder in kombinierten Klassen unterrichtet, was ich pädagogisch nie als Nachteil empfunden habe. Im Gegenteil, diese Form bot viele Möglichkeiten der individuellen Förderung eines Kindes und schloss das gefürchtete Sitzenbleiben nahezu aus. Die moderne Pädagogik besinnt sich heute wieder auf diese Vorteile.

Ein Höhepunkt im Schuljahr war für meine kombinierte dritte und vierte Klasse immer der Jahresausflug. Dabei wanderten wir das eine Mal durch das Donautal den Stiegelesfelsen hinauf, den Höhenweg entlang und ins Tal zurück. So landeten wir im Jägerhaus zur gemütlichen Rast, ehe es auf der anderen Seite wieder die Anhöhe hinauf und am Schloss Bronnen vorbei der Heimat zuging.

Bei diesem Anstieg passierte es einmal, dass sich ein Mädchen den Fuß verstauchte und nicht mehr laufen konnte. Weit und breit war keine Hilfe in Sicht und Handys gab es noch nicht. Was tun? Kurzerhand zeigte ich meinen Buben einen Griff aus dem Erste-Hilfe-Kurs. Immer zwei Kavaliere praktizierten ihn abwechselnd, und so wurde Edith im feierlichen Geleitzug der übrigen Wanderer nach Hause getragen.

Ein anderes Mal liefen wir nach Beuron, wo die bekannte Benediktinerabtei beheimatet ist, um am Bahnhof den Zug nach Sigmaringen zu besteigen. Dort besichtigten wir das fürstliche Schloss und rutschten auf den Filzpantoffeln durchs Museum. Am Nachmittag stand dann eine Wanderung zum Nollhof und zurück auf dem Programm, bis uns die Eisenbahn durch etliche Tunnels nach Beuron zurückbrachte.

Jetzt kam der Höhepunkt des Ausflugs! Am Bahnhof erwartete uns der Felsenwirt mit Traktor und Heu-Ladewagen, der mit reichlich Stroh gepolstert war. Bald hatte jeder ein Plätzchen gefunden, die Fahrt konnte losgehen. Der Weg hinauf nach Buchheim führte am Beuroner Polizeiposten vorbei. Vor ihm hatten die Kinder großen Respekt.

»Alles hinlegen!«, rief Bruno aus der dritten Klasse, als das Haus in Sicht war.

Vorsichtshalber duckten sich alle, um ja nicht gesehen zu werden. Aber wahrscheinlich wäre das gar nicht nötig gewesen, denn bestimmt hätte der Dorfpolizist ein Auge zugedrückt und geschmunzelt, wenn er die müde Kinderschar im Stroh entdeckt hätte.

Völlig unbürokratisch

Mit der Bürokratie ist es so eine Sache. Oft gewinnt man den Eindruck, dass sie sich zum Selbstläufer entwickelt, wenn man erst einmal in ihre Fänge geraten ist. Auch von der Schule hat sie inzwischen derart Besitz ergriffen, dass sich manchmal der Eindruck aufdrängt, von ihr hänge der Erfolg des ganzen Bildungssystems ab.

Davon war in der kleinen Landschule in Buchheim zum Glück noch wenig zu spüren. Lehrer wie Schulleiter waren in erster Linie Pädagogen, die wenigen Verwaltungsaufgaben wurden nebenbei erledigt.

Wie unkompliziert es in meinen ersten Dienstjahren zugehen konnte, zeigt die Geschichte, die sich am Tag einer Einschulung ereignete.

Es war ein warmer Sommermorgen. Die Schulanfänger hatten sich im Schulhof versammelt. Allein der Sprössling aus dem Jägerhaus, einem Ausflugsgasthof im Donautal, fehlte noch. Plötzlich bog ein ratternder, altersschwacher VW Käfer um die Ecke. Vor dem Schultor hielt er quietschend an. Der Jägerhäusler stieg aus und wollte ein schmächtiges Bürschlein aus dem Fond des Wagens zerren.

»Komm raus!«, bellte er in seiner grantigen Art, die durch das rollende »R« noch betont wurde.

Doch das verängstigte Knäblein schrie und wehrte sich vehement. Auch der herbeigeeilte Schulleiter konnte durch gutes Zureden nichts erreichen, der Bub klammerte sich fest an die Lehne des Beifahrersitzes.

Kurzerhand klappte der geschlagene Vater den Fahrersitz nach hinten und schwang sich hinters Lenkrad.

»Also bis zum nächsten Jahr!«, maulte er und fuhr mit dem somit Zurückgestellten davon.

Ein Formular hätte auch nichts geändert. Der Bub verbrachte unten im Donautal noch ein paar glückliche Kindheitstage. Der neue Anlauf im nächsten Jahr klappte dann.

Bei Abraham a Santa Clara

In Kreenheinstetten, einer kleinen benachbarten Ortschaft, dem Geburtsort des berühmten Wiener Hofpredigers Abraham a Santa Clara (1644–1709), war ein Lehrer längere Zeit erkrankt. Unsere Schule sollte seine Klasse mitversorgen, hieß es schlicht im Anruf des zuständigen Schulamts. Wer, das sollten wir selbst regeln.

Der Schulleiter musste im Haus bleiben, das war klar. Der zweite Lehrer stand in den Prüfungsvorbereitungen für das Zweite Staatsexamen. Der dritte war ich. Und da sonst kein weiterer Lehrer da war, durfte ich die Aufgabe übernehmen.

Und fortan lief mein Schulalltag für die nächsten drei Monate so ab: Bis zur großen Pause Unterricht in der eigenen Klasse, dann schnell ins Auto und zehn Kilometer Fahrt zum nächsten Einsatzort, dort Unterricht für den Rest des Vormittags, dazu an zwei Tagen noch einige Stunden am Nachmittag.

Gott sei Dank hatte sich der Kollege die warme Jahreszeit für seine Krankheit ausgesucht, im kalten Heubergwinter hätte ich mir sicher des Öfteren die Skier anschnallen müssen.

Das hätte mir beinahe ein anderes Mal geblüht, als ich mitten im Winter in eine andere Schule in der Nachbarschaft als Krankheitsvertreter geschickt wurde.

In der Nacht vor dem Einsatz hatte es ordentlich geschneit. Die Straße nach Leibertingen war nur mit Mühe auszumachen. Der Schneepflug war zwar bereits im Einsatz gewesen, hatte aber wenig Chancen. Kaum war er weg, wehte der eisige Wind neue Schneeberge auf die Fahrbahn.

Trotz aller Widrigkeiten wagte ich die Expedition. Der Frontantrieb meines Autos tat gute Dienste. Stück für Stück zog er das Lehrerauto durch die winterliche Landschaft und schaffte eine Schneeverwehung nach der anderen. Mein Gesicht klebte fast an der Frontscheibe. Nur mit Mühe konnte ich die Fahrbahn zwischen den Straßenpfosten erahnen. Ich schickte manches Stoßgebet zum Himmel. Es half.

Der Schulleiter staunte nicht schlecht, als ich endlich trotz der Kälte mit Schweißperlen auf der Stirn pünktlich in den Schulhof einfuhr. Nicht viele Kollegen hatten es geschafft.

Eine Trauung mit Hindernissen

In den Osterferien besuchte ich meine Eltern in Bühl. Und wie der Zufall es wollte, begegnete ich meiner Jugendfreundin Gabi wieder. Amors Pfeile trafen mich wie ein Blitz aus heiterem Himmel. Es war um mich geschehen.

Der Zustand ließ sich nicht lange geheim halten, denn täglich klingelte das Telefon, als ich nach den Ferien wieder im Gasthaus »Zum Freien Stein« mein Mittagsmahl verzehrte. Und immer war die gleiche weibliche Stimme zu hören, die nach mir fragte.

»Herr Lehrer, für Sie!«, rief die Wirtin jedes Mal laut.

So verwunderte es nicht, dass die Neuigkeit bald im ganzen Ort die Runde machte: »Der Herr Lehrer hat eine!«

Vor Beginn des Winters war es dann so weit. Der Hochzeitstermin wurde anberaumt. In einer fast ausschließlich katholischen Landgemeinde musste alles seine Ordnung haben. Der Gang zum Standesamt war allerdings voller Hindernisse.

Bekanntlich braucht man bei dieser Zeremonie zwei Trauzeugen. Ein Kollege von mir und der gleichaltrige Sohn des Hirschwirts waren dafür ausersehen. Um vier Uhr nachmittags war die Trauung angesetzt. Wer nicht kam, war mein Altersgenosse. Da der Bürgermeister sowieso im Rathaus arbeitete, bat ich um eine Stunde Aufschub. Dann sauste ich in den »Hirschen«, um nach dem Vermissten zu forschen. Er war nicht da.

Schon wollte ich verzweifelt den Heimweg antreten, als er endlich mit dem Auto in den Hof gefahren kam.

»Mensch, du Wahnsinniger, wo bleibst du denn?«, japste ich, kurz vor dem Kollaps.

Er hatte sich in Meßkirch herumgetrieben und den Termin glatt vergessen. Jetzt war Eile geboten. Aber kaum war dies geregelt, stellte sich ein neues Hindernis in den Weg: Das Abführzäpfchen, das ich am Mittag wegen Magenproblemen genommen hatte, begann zu wirken!

Ich erreichte gerade noch die Toilette und hatte jetzt meinerseits Mühe, den verspäteten Trauungstermin einzuhalten. Auf den letzten Drücker schafften wir es dann doch noch.

Bei der Ansprache des Standesbeamten saß ich wie auf Kohlen. Der Hintern brannte wie Feuer und ich gelobte nicht nur feierlich, meine Braut zur Frau zu nehmen, sie zu lieben und zu achten, bis dass der Tod uns scheidet, sondern schwor mir auch innerlich, mir nie mehr ein Abführzäpfchen vor einem wichtigen Termin einzuschieben.

Die ersten Sporen als Fußballtrainer

Der FC Buchheim hatte neben den Herren bei den Aktiven nur noch eine Bubenmannschaft, die als A-Jugend am Spielbetrieb teilnahm. Normalerweise waren da die Jugendlichen zwischen 16 und 18 Jahren vertreten, in Buchheim durften die Jungen ab 14 mitspielen. Eines Tages trat der Vereinsvorstand mit der Bitte an mich heran, auch für die Buben unter 14 Jahren eine Mannschaft aufzubauen. Inzwischen war ich nämlich Spieler der 1. Mannschaft geworden, Außenstürmer, wie das damals noch hieß.

Das Vorhaben erwies sich alles andere als einfach. Ein paar fußballbegeisterte Knaben waren schnell gefunden, aber zwischen Begeisterung und Können klaffte doch eine beachtliche

Lücke. Zum Trainieren stellte der Verein nur einen Ball zur Verfügung. Ich hatte da andere Vorstellungen. Um die technischen Fähigkeiten zu verbessern, brauchte jeder Spieler ein Exemplar.

»Ein Ball muss genügen«, hieß es, »die A-Jugend hat auch nur einen.«

Doch ich ließ nicht locker. Mit der Zeit schaffte ich es, die Verantwortlichen von der Notwendigkeit mehrerer Bälle zu überzeugen, sollte mein Trainingsprogramm Erfolg haben. Dafür war der Verein umso schneller, als es um die Anmeldung der neuen Mannschaft zum Spielbetrieb ging. So blieb es nicht aus, dass die Jungs eine Niederlage nach der anderen kassierten. Höhepunkt des Dramas war eine 0 : 24-Klatsche, mit denen uns die Buben aus Schwandorf nach Hause schickten.

Bald fingen ein paar Leute im Dorf an, sich über uns lustig zu machen.

»Na, ihr Starkicker, wie viele waren es denn heute?«, wurden wir empfangen.

Bei der Generalversammlung im »Hirschen« herrschte betretenes Schweigen, als die Ergebnisse der C-Jugend vorgelesen wurden. Manch einer dachte sich insgeheim, ob der Herr Lehrer wohl der richtige Mann als Trainer wäre.

»Abwarten und Tee trinken!«, brummte ich, obwohl die meisten ein Bier vor sich stehen hatten.

Die Geduld wurde belohnt. Stück für Stück verbesserten sich die technischen Fähigkeiten bei den Buben. Auch das Lauftraining geschah nie ohne Ball am Fuß. Eine enge Ballführung war das A und O der Dribbelkunst, dazu noch das Abspielen im richtigen Augenblick!

Die ersten Siege kamen. Mit ihnen stieg auch die Stimmung und Anerkennung im Dorf. Und was keiner glauben wollte, im dritten Jahr feierten wir unsere erste Meisterschaft. Jetzt hagelte es Lob von allen Seiten. Immer mehr Buben fanden Gefallen am Fußballspiel. Bald hatten auch die gegnerischen Mannschaften einen höllischen Respekt vor uns, kaum ein Spiel ging mehr verloren.

Eines Tages wurden wir zu einem Sportfest in Fridingen an der Donau eingeladen. Wir sollten ein Spiel gegen die dortige C-Jugend bestreiten. Als meine Buben den Platz betraten, wurden sie von einigen Zuschauern milde belächelt.

»Kommt ihr aus dem Kindergarten?«, fragte einer.

»Das wird eine gehörige Packung geben!«, lachte ein anderer.

Es war klar, dass die Fridinger Knaben, die zwischen 13 und 14 Jahre alt waren, uns körperlich überlegen waren, unser jüngster Spieler war neun, lediglich der älteste schon dreizehn.

Doch nach dem Spiel und einem 5:0-Sieg waren wir die Größten. Mit einem technisch perfekten Spiel hatten meine Jungs den Gegner ausgetrickst.

»Wer zuletzt lacht, lacht am besten!«, ließe sich da ein Sprichwort zitieren.

David gegen Goliath

Für Buben in einem kleinen Ort wie Buchheim war Fußball die einzige Sportart, für die es einen Verein gab. Die Ausstattung war damals noch mehr als dürftig. Als Sportplatz diente eine einigermaßen ebene Wiese, die von einem Traktor gemäht wurde und auf der zwei in Eigenarbeit gezimmerte Tore standen.

Umkleidekabinen oder Duschen waren ein Luxus der großen Vereine in der Stadt. Auf dem Land kamen die Spieler im Dress oder zogen sich auf dem Sportplatz um. Die Fußballer der Gastmannschaft konnten sich im »Hirschen« waschen, wo ihnen in der Küche ein Waschbecken zur Verfügung stand.

Der Buchheimer Fußballclub hatte immerhin ein relativ ebenes Spielfeld. Es gab auch Ortschaften in der Gegend, wo auf ziemlich abschüssigen Wiesen gekickt werden musste. Da war es oft spielentscheidend, welche Mannschaft Anspiel hatte. Über das Fußballfeld eines anderen Vereins führte sogar ein Weg. Wenn ein Traktor es überqueren wollte, musste das Spiel unterbrochen werden.

Die A-Jugend des FC Buchheim spielte damals in der Bezirksstaffel Bodensee. Das bedeutete weite Fahrten zu den Verbandsspielen. Auch die Übungsmöglichkeiten waren nicht gerade rosig. Trainiert werden konnte nur, wenn der Platz bespielbar war. Eine Sporthalle war nirgends in der Nähe. Wie sollte die Mannschaft da gegen die Großen wie Meersburg, Pfullendorf, Salem, Wollmatingen, Meßkirch oder gar Konstanz bestehen?

»Auch David hat gegen den Riesen Goliath gekämpft und gewonnen«, redete ich mir Mut ein, als ich die Mannschaft als Trainer übernahm.

Ich wusste, auf meine fußballbegeisterten und unerschrockenen Jungs konnte ich mich verlassen. Sie waren nicht so leicht aus der Ruhe zu bringen. Auch die hämischen Kommentare mancher Stadtbuben, die sich unter Anleitung eines Fitnesstrainers wie Profis in einheitlichen Sportanzügen vor dem Spiel aufwärmten und fast mitleidig auf den Gegner schielten, der nichts davon zu bieten hatte, konnten sie nicht verunsichern.

»Schaut mal die Bauernbuben an!«, lachte einer, als wir in Konstanz ankamen.

»Die werden eine Packung bekommen«, meinte ein anderer.

»Lasst euch nur nicht provozieren!«, redete ich auf meine Buben ein. »Zeigt ihnen, was ihr könnt!«

Denn fußballerisch brauchten wir uns nicht zu verstecken, das wusste ich. Und so kam es auch. Als das Spiel vorbei war, hatten meine Jungs 3 : 2 gewonnen, und am Ende der Runde konnten wir die Vizemeisterschaft feiern.

Wie bei Maria und Josef

Einmal fand im ganzen Land eine Volkszählung statt. Dazu wurden in jeder Gemeinde geeignete Leute gesucht, die mit den Fragebogen von Haus zu Haus gehen sollten. Da man von einem Lehrer erwarten konnte, dass er des Zählens mächtig war, wurde auch ich mit dieser Aufgabe betraut.

In den meisten Häusern lief alles glatt. Die Bewohner waren freundlich und beantworteten die gestellten Fragen, so gut es ging. Nur in einem Anwesen hatte ich Sorge, ohne größere Blessuren wieder hinauszukommen. Das lag nicht an der Witwe, die es zu interviewen galt, sondern an ihrem Hund, den sie neben ihren fünf Kindern noch hatte.

Der schwarze Köter, der mir schon einmal ans Bein wollte, als ich mit dem Fahrrad am Haus vorbeifuhr, war im Schlafzimmer eingesperrt. Wütend bellend sprang er die ganze Zeit gegen die Tür zur Stube, wo ich die Angaben der guten Frau aufschrieb. Das Holz wackelte bedenklich. Es konnte nur eine Frage der Zeit sein, bis dem Untier der Durchbruch gelingen musste.

»Der macht nichts!«, versuchte mich die Witwe zu beruhigen.

Ich war mir da nicht so sicher. Doch die Tür hielt und ich kam ungeschoren davon. So erleichtert hatte ich noch selten ein Interview beendet!

Im Unterdorf neben dem Farrenstall stand ein kleines Haus. Auch die Frau, die darin wohnte, war auffallend klein gewachsen und ging dazu gebückt, was sie noch kleiner erscheinen ließ. Ihr Leben war nicht einfach gewesen. Oft hatte sie ihren vor Jahren verstorbenen Mann des Nachts mit dem Schubkarren vom Wirtshaus nach Hause karren müssen, wenn er nicht mehr gehen konnte.

Als ich klopfte, dauerte es eine Weile, bis sie an die Tür geschlurft kam. Ich erklärte ihr, dass alle Leute im ganzen Land gezählt werden müssten und dass ich deswegen zu ihr käme.

»Nein, so was!«, rief sie und schlug die Hände zusammen.

Ich fürchtete bereits, dass mich jetzt Unannehmlichkeiten erwarteten. Doch die alte Frau strahlte auf einmal übers ganze Gesicht.

»Nein, so was«, fing sie wieder an, »das ist ja fast wie bei Maria und Josef! Aber die mussten bis nach Bethlehem laufen, um sich dort zählen zu lassen, und zu mir kommt der Herr Lehrer ins Haus!«

Ich war platt. Das hätte ich mir nie träumen lassen, was für eine Freude so eine Volkszählung auslösen kann!

Bahn frei! Kartoffelbrei! – Eine Art Nachwort

Die österreichische Schriftstellerin Marie von Ebner-Eschenbach (* 1830, † 1916) war eine der bedeutendsten deutschsprachigen Erzählerinnen des 19. Jahrhunderts. Bekannt ist z. B. ihre Novelle »Krambambuli« (erschienen 1883), die schon mehrmals verfilmt wurde.

Von ihr stammt das Zitat: »Wer sich seiner eigenen Kindheit nicht mehr deutlich erinnert, ist ein schlechter Erzieher.«

Vielleicht regt dieses Buch mit seinen heiteren und besinnlichen Geschichten aus meiner Kindheit, Jugendzeit und den ersten Berufsjahren viele Leserinnen und Leser dazu an, sich an eigene Erlebnisse in jungen Jahren zu erinnern.

Wenn ich an meine Schulzeit zurückdenke, so weiß ich, dass ich vieles vergessen habe, was man an Wissen mir beizubringen versuchte. Was aber geblieben ist, ist die allgemeine Bildung und das, was man Herzensbildung nennt.

Dass ich mich an das Schulhaus am Stadtgarten, in das ich 14 Jahre lang ging, noch heute gern erinnere, lag bestimmt auch daran, dass in diesem Gebäude nicht nur Wissen vermittelt wurde, sondern dass es auch Lehrerpersönlichkeiten gab, die mehr zu bieten hatten.

Wir schrieben in Deutsch eigene Gedichte und Spielszenen, übten Theaterstücke und Singspiele ein, schufen im Kunstunterricht aus Fotokarton und Transparentpapier ein großes Triptychon für die Weihnachtskrippe in St. Peter und Paul, verwandelten an mehreren Nachmittagen unser Klassenzimmer für eine Fete in ein Meeresaquarium, sahen uns mit dem Französischlehrer Filme im französischen Kino im Original an, spielten in der Stadthalle das Drama in 5 Akten »Les Justes« (»Die Gerechten«) von Albert Camus in französischer Sprache (ich durfte einen der russischen Revolutionäre mimen), brachten mit dem Chor und dem Orchester unserer Schule in der Kirche die »Missa brevis in D-Dur« von Wolfgang Amadeus Mozart zu Gehör, um nur einige Aktivitäten zu nennen.

Was auch wesentlich zum guten Miteinander beitrug, waren die Wanderungen und Ausflüge. Besonders nachhaltig sind mir die winterlichen Fahrten hinauf zur Schwarzwaldhochstraße in Erinnerung. Die Skifahrer sausten den Skihang auf Hundseck hinab, die Schlittenfahrer (zu denen ich gehörte) durften in Herrenwies zu Tale brausen. War das ein Hallo, wenn es bei jeder Fahrt vielstimmig ertönte: »Bahn frei! Kartoffelbrei!«